Geschichten, die das Leben schrieb

Herbert Puhle

Geschichten, die das Leben schrieb
Herbert Puhle

1. Auflage November 2013
© Herbert Puhle

ISBN: 9783732255337

Vorlektorat & Layout: Sandra Schmidt; www.text-theke.com
Umschlaggestaltung: Herbert Puhle
Herstellung und Verlag: BoD – Books on Demand, Norderstedt

Bibliografische Information der Deutschen Nationalbibliothek:
Die Deutsche Nationalbibliothek verzeichnet diese Publikation
in der Deutschen Nationalbibliografie;
detaillierte bibliografische Daten sind im Internet
über www.dnb.de abrufbar.

MIX
Papier aus verantwortungsvollen Quellen
Paper from responsible sources
FSC® C105338
FSC
www.fsc.org

Geschichten,
die das Leben schrieb

Herbert Puhle

Vorwort

Am Anfang war das Wort, dann der gesprochene Satz. Es folgten die geschriebenen Kurzgeschichten, später erst kam das große Buch.

Die Schreiber von heute nennen sich alle Autoren. Ich will kein Autor sein. Ich möchte lieber ein Sammler von Geschichten sein, die das Leben schrieb – die als Zeitzeugen von erlebten Begebenheiten und Ereignissen von Menschen erzählen, die mal unter uns waren und manchmal auch noch sind. Das Erlebte wurde mit einem Kugelschreiber, von einer alten zitterigen Hand geführt, niedergeschrieben, um den kommenden Generationen Einblicke zu geben in das Leben vor ihrer Zeit und ihnen zu helfen, aus der Vergangenheit zu lernen.
Das Niedergeschriebene erhebt nicht den Anspruch, besonders wertvoll und schriftstellerisch perfekt zu sein. Es geht mehr darum, dem Leser das Zuhören näher zu bringen und zum Nachdenken anzuregen. Nach dem Motto: Das Alter sollte sich damit abfinden, von der Jugend zu lernen. Die Jugend aber sollte zuhören, wenn das Alter was zu sagen hat.

Der Aufschreiber

Nachwort zum Vorwort

Das geschriebene Wort
ganz gleich geschrieben an welchem Ort
oder auch mit welcher List
– gut aufbewahrt –
für immer unsterblich ist

Einleitung

Als meine Enkeltochter noch ganz klein war, schmuste sie gerne mit ihrem Opa auf der Couch. Eines Tages sagte sie zu mir: „Opi, erzähl mir mal eine Geschichte von früher, als ich noch nicht auf der Welt war!" Und ich erzählte ihr von dem Leben, wie es früher war. Sie konnte nicht genug davon hören.

Einige Zeit später, als sie schon größer war, meinte sie: „Opi, das musst du alles aufschreiben, damit nachfolgende Generationen nachlesen können, wie das Leben früher war!"

Diesen Wunsch und die Bitte meiner Enkeltochter habe ich versucht zu erfüllen. Das Produkt liegt jetzt vor Ihnen. Ich wünsche mir, dass Sie Zeit nicht nur zum Lesen, sondern auch zum Nachdenken finden.

Heimatland

Wer hinauszieht in die fremde Welt
Und hat er auch noch so viel Glück
Hat am Ende festgestellt
Heimat ist Heimat und sehnt sich zurück
Denn da wo seine Wiege stand
Ist auch immer sein Heimatland

Das war mein Leben

Als ich noch ein kleiner Junge war,
da wollte ich schon immer so groß und stark sein
wie mein Papa.
Ich wollte Bier trinken, ich wollte rauchen,
ich wollte um die Wette laufen.
Ich wollte immer der Erste sein,
ja, damals war's, da war ich noch so klein.
Heute bin ich schon über 80 Jahre alt,
fahre gerne mit dem Fahrrad durch den Wald.
Wo die Winde durch die Wipfel rauschen,
wo man Vogelstimmen kann wunderbar belauschen.
Von Ferne hört man auch die Autobahn,
von der Havel manchmal auch einen alten Kahn.
Dort kann man wunderschön am Wasser sitzen,
in der Sonne auch ganz schön schwitzen.
Man schaut ins Wasser, es ist ganz klar,
und denkt: Alt sein, ist manchmal auch wunderbar.
Man schaut hoch, man schaut weit,
und denkt zurück an die Zeit:
Geboren bin ich in einer Republik,
wo es damals über 7 Mio. Arbeitslose gibt.
Aufgewachsen in einem Reich,
das sich mit 1000 Jahren vergleicht.
Gelebt, gearbeitet in einem Land,
das vielen heute unbekannt.

Lebe heute in einer Förderation,
die Schulden hat über 2,3 Billionen.

Wo die einen prassen und schweben auf Wolke sieben,
die anderen davon leben müssen, was dort übrig geblieben.
Und keiner von denen denkt heute daran,
dass dieses Schiff auch untergehen kann.
Sie prassen weiter, bis die Schwarte kracht,
und das nicht nur am Tage, sondern auch noch bei Nacht.
Ich suchte und suchte ein Leben lang,
aber leider nichts Gutes fand
über Deutschland, mein Heimatland.

Das war mein Leben,
das der Herrgott mir hat gegeben!
Muss ich nun dafür dankbar sein?

Zwei Soldaten

Zwei Soldaten stehen im Ersten Weltkrieg an der Westfront auf Horchposten. Nach einiger Zeit machte es „klick" und der eine fragte den anderen: „Hast du das gehört?"

„Nee", antwortete der andere.

Nach einiger Zeit machte es erneut „klick" und der andere hatte wieder nichts gehört.

So ging das fünfmal hintereinander.

Als die Ablösung kam, sagte der, der alles gehört hatte, zum nachfolgenden Postenführer: „Pass gut auf, der Franzmann hat was vor, fünf Drähte hat er schon durchgeknipst." Er ging nach hinten in den Unterstand und legte sich schlafen.

Der andere, der nichts gehört hatte, ging zurück bis zum Stab und meldete dort, dass die Franzosen was vorhätten, weil sie schon fünf Drähte durchgeknipst hätten.

Früh, am nächsten Morgen, wurde durch Überprüfen festgestellt, dass die Meldung von dem, der nichts gehört hatte, stimmte. Er wurde für vorbildliche soldatische Leistung mit dem Eisernen Kreuz ausgezeichnet.

Es dauerte nicht lange, die Franzosen ließen sich nicht lumpen und griffen die deutschen Stellungen zum zigsten Mal an: Artilleriefeuer bis zum Sturmangriff – die Deutschen hatten Glück und konnten die Franzosen wieder einmal abwehren. Danach wurde die Verlustliste aufgestellt. In einem Unterstand wurde auch der gefunden, der vor ein paar Tagen das Eiserne Kreuz für vorbildliche Leistungen bekommen hatte. Er war verwirrt. Mit seinen blutigen Händen versuchte er noch nach Stunden, sich einzugraben. Er rief ständig nach Gott und seiner Mutter.

Niemand lachte, denn er war nicht der Einzige, den sie nach hinten tragen und nie wieder sehen würden.

Fazit dieser Geschichte:

Nicht alle, die hochdekoriert ihre Orden zur Schau tragen, haben sie verdient.

Die Zwillinge

Es war zu der Zeit, als es den Menschen wirtschaftlich nicht sehr gut ging.

Es war zu der Zeit, als man zu den Polizisten auf der Straße noch „Schutzmann" sagte.

Es war zu der Zeit, als die Menschen in der warmen Jahreszeit auf den Bänken in Straßen und Höfen saßen, sich unterhielten und Geschichten erzählten. Die Kinder lehnten sich geduckt an die Hauswand und wärmten ihre nackten Füße auf der von der Sonne erhitzten Erde, um zuhören zu können, was die Alten sich erzählten.

Es war zu der Zeit, als es noch kein Fernseher gab und die Menschen das Zuhören noch nicht verlernt hatten.

Es war zu der Zeit, als die Menschen mehr Zeit für die Liebe fanden und es viel mehr Kinder als heute gab.

Zu dieser Zeit wurden in unserer kleinen Stadt, die mehr ein großes Dorf war, Zwillinge geboren, die man Ewald und Erich nannte. Sie sahen sich so ähnlich, dass sogar ihre eigene Mutter manchmal Schwierigkeiten hatte, sie auseinanderzuhalten.

Die Kleinen wuchsen prächtig heran. Aber die Erwachsenen stellten bald fest, dass sie zwei Menschen mit einer Seele waren. Wenn der eine vom Lehrer in der Schule Senge mit dem Rohrstock bekam, zuckte und krümmte sich der anderer genauso wie der Verprügelte. Sie hießen zwar Ewald und Erich Engelmann, aber Engel waren sie keine, sondern ganz normale Jungen, die immer zu einem Spaß aufgelegt waren.

So wie sie nebeneinander auf der Schulbank gesessen haben, so haben sie auch ihren Beruf erlernt. Glück hatten sie, als sie zum Arbeitsdienst einberufen wurden. Wieder standen ihre Betten und Schränke nebeneinander.

Sie wurden für ihr kameradschaftliches Verhalten allen gegenüber als vorbildlich hingestellt. Immer, wenn später junge Männer in dieses Lager aus dieser Stadt einberufen wurden, wurde von der Führerschaft des Lagers auf die Zusammengehörigkeit und die Kameradschaft der Gebrüder Engelmann hingewiesen.

Gleich nach diesem Arbeitsdienst bekamen beide den Einberufungsbefehl zur deutschen Wehrmacht. Erich kam nach Brandenburg und Ewald nach Neuruppin. Zum ersten Mal waren die Zwillinge mit einer Seele, aber mit zwei Körpern voneinander getrennt. Es dauerte nur kurze Zeit, bis beide vom seelischen Schmerz erdrückt wurden und vollkommen entkräftet ins Krankenrevier kamen. Erst als die Ärzte unabhängig voneinander und zur gleichen Zeit feststellten, dass sie keinen körperlichen Schaden hatten, wurde ihren Anträgen auf Zusammenführung stattgegeben. Schon ein paar Tage nach ihrer Zusammenlegung mussten ihre Vorgesetzten erkennen, dass ein Soldat nicht ein gefühlloses Etwas aus Fleisch und Blut ist, sondern auch eine Seele hat.

Beide wurden zu richtigen Elitesoldaten ausgebildet und kamen danach sofort an die russische Front. Obwohl sie noch sehr jung waren, bekam ihre Mutter eines Tages einen Brief vom Kompaniechef: „Ihre Söhne waren mit ihrer einmalig gelebten Kameradschaft ein Vorbild für alle in der ganzen Kompanie. Leider muss ich Ihnen mitteilen, dass sie bei einem Sturmangriff auf ein russisches Dorf gefallen sind. So wie sie geboren, so unzertrennlich wie sie gelebt, so sind sie auch gestorben und wurden von uns nebeneinander in fremder Erde begraben."

Die Moral von der Geschichte:

Kameradschaft ist etwas, was sich durch Vertrauen und Vorbilder von selbst entwickelt und von innen heraus wachsen muss. Befehlen kann man Kameradschaft nicht. Wer aber auf Befehl, wo auch immer auf dieser Welt, Menschen tötet, ob als Angreifer, ob als Verteidiger oder in der Gaskammer, hat immer unrecht!

Lebenserfahrung

Seitdem es Menschen auf diesem Planeten gibt, gibt es auch schon immer drei Wahrheiten: die Wahrheit der Sieger, die Wahrheit der Verlierer und die absolute Wahrheit.

Die Wahrheit der Sieger kennt man schnell und ist populär. Die Wahrheit der Verlierer bleibt meistens im Dunkeln und kommt oft gar nicht oder später ans Tageslicht und ist deshalb unpopulär. Die absolute Wahrheit kennt niemand so genau, weil zu viele unterschiedliche Faktoren ineinanderfließen, die von menschlichen Gehirnen vielfältig interpretiert werden.

Drum, Menschen, geht mit offenen Augen durch die Welt, um zu lernen, was gut und böse, was schwarz oder weiß ist! Nur so haben die Scharlatane dieser Welt keine Chance, über euch Besitz zu ergreifen.

Der Zeitungsjunge

Als die alte Dame von unserem Hof, die immer auf mich auf-
passte, wenn meine Mutter Zeitungen austrug, nicht mehr mit
mir klarkam, musste ich in den Kindergarten gehen. Am ersten
Tag benötigte ich drei Stunden, am zweiten Tag schaffte ich es
schon nach zwei Stunden und am dritten Tag brauchte ich nur
noch eine Stunde, um über den hohen Zaun in die Freiheit zu
gelangen. Als mich meine Mutter am vierten Tag wieder im
Kindergarten abgeben wollte, sagte die Kindergärtnerin zu meiner Mutter: „Nehmen Sie ihren Sohn wieder mit, dieses Kind
ist kein Kindergartenkind, dieses Kind liebt die Freiheit mehr
als alles, was es gibt auf dieser Welt. Dieses Kind muss frei sein,
frei sein wie ein Vogel, um sich entwickeln zu können!"
Meine Mutter war mächtig sauer auf mich, weil sie nicht wusste,
wohin mit mir. Zur Strafe musste ich nun als Vorschulkind
meiner Mutter beim Zeitungsaustragen helfen.

Früher musste man die Zeitungen als Bote immer bis zur Wohnungstür bringen. Ich brachte die Zeitungen immer in die obe-
ren Etagen und nahm meiner Mutter das viele Treppensteigen
ab, was für sie eine große Zeiteinsparung war.
Mit der Zeit wurde ich schneller. Hoch musste ich ja immer laufen, aber dann habe ich mir eingeübt, wie man auf dem Trep-
pengeländer runterrutschen konnte. Mir machte das Austragen
riesigen Spaß.
Was aber niemand bemerkte: Durch das tägliche Treppensteigen wurde mein kleiner Körper wie der eines Leistungssportlers
trainiert, was sich später in der Schule sofort bemerkbar machte. Bei allen Sportarten war ich entweder Erster, Bester oder
Schnellster.

Später, als ich schon lesen und schreiben konnte, bekam ich dann eine eigene Tour.

Für das Zustellen einer Zeitung bekam meine Mutter einen Reichspfennig. Bei 100 Zeitungen täglich, so lange war meine Tour, verdiente ich für meine Mutter 1 Reichsmark. Das war nicht viel. Deshalb musste man immer und zu jedem recht freundlich sein, damit man am Ende des Monats ein bisschen Trinkgeld bekam, oder neue Leser werben.

Das ging dann so: Wenn ich nach der Schule ins Geschäft ging, um meine Zeitungen abzuholen, sagte ich zum Chef: „Ich brauche täglich eine Zeitung mehr. In Nr. 72 ist ein Neuer eingezogen, vielleicht kann ich ihn davon überzeugen, dass unsere Zeitung die beste ist. Der muss auch mächtig viel Knete haben, denn er hat einen Opel-Admiral auf dem Hof stehen."

Ein paar Tage später klingelte ich, um zu fragen, ob ihm die Zeitung von uns gefällt. Da machte mir ein Junge in meinem Alter, blass und krank aussehend, die Tür auf. Ohne dass ich ein Wort sagen konnte, meinte er spontan: „Deine Zeitung nehmen wir. Bringe morgen den Vertrag mit vorbei, ich regele das alles schon mit meinen Eltern." Auf einmal stand eine Hausangestellte neben ihm. Sie muss wohl im Garten gewesen sein, denn sie hatte Küchenkräuter in der Hand. „Wolfgang", rief sie laut und entsetzt, „das darfst du doch nicht! Du weißt doch, dass du schwer krank bist und dich schonen musst. Bitte sei doch nicht so unvernünftig", flehte sie ihn an und ich merkte, dass sie ihre Aufgabe sehr ernst nahm. „Na dann mach's gut, bis morgen", sagte Wolfgang zu mir, „ich warte am Fenster, bis du kommst."

„Mach's besser, und gib' dir Mühe, gesund zu werden." Er lächelte traurig, aber das „Mach's besser" muss ihm wohl doch gefallen haben.

Jeden Tag, wenn ich bei ihm vorbei kam, saß er am Fenster und lächelte müde, wie eben ein Kranker lächeln kann. Mit der Zeit erzählte er mir, dass er eine schwere Angina hatte und jetzt ganz doll herzkrank ist. Deshalb muss er sich schonen und darf sich nicht viel bewegen, sonst könnte es einen Rückfall geben und das wäre sehr schlimm.

Ich war so erschrocken, er merkte das und sagte zu mir: „Du musst nicht traurig sein, denn ich habe ja dich. Du bist mein Schutzengel, das weiß ich."

Die Zeit verging, das Wetter wurde immer schlechter und Wolfgang konnte nicht mehr am offenen Fenster auf mich warten. Da entwickelten wir beide eine Geheimsprache mit den Augen und mit den Händen, die nur wir beide verstanden.

Es war Weihnachten und ich bekam von der Hausangestellten 5 RM Trinkgeld für meine Zeitungszustellungen. „So viel habe ich ja noch nie bekommen." Daraufhin antwortete sie: „Schutzengel muss man sich warmhalten", und lächelte dabei.

Der Winter war vorbei. Der Frühling kam, alles wurde wieder grün und blühte. Da traf ich zufällig unseren Hausarzt, bei dem ich auch Zeitungsbote war, und erzählte ihm die Krankheitsgeschichte von Wolfgang.

„Ja, mein Junge", meinte der Arzt, „ein krankes Herz zu schonen, ist da wohl die einzige Möglichkeit und die beste Medizin."

„Aber frische Luft im Garten kann doch nicht schaden?", fragte ich weiter. „Nein", antwortete der Doktor, „frische Luft hat noch niemandem geschadet."

Ich erzählte Wolfgang von meinem Treffen mit dem Doktor. Er überzeugte seine Mutter und die Hausangestellte, dass frische Luft und Sonnenschein für Herzkranke nur gut und nicht schädlich sein können. Ab sofort durfte er im Garten liegen und ruhen.

Die Grundstücke auf dieser Straßenseite waren alle sehr groß, vor allem waren sie lang. Sie gingen hinunter bis zu den Luchwiesen, wo die Bauern nur zweimal im Jahr Heu machten. Jeder konnte also ungesehen über die Luchwiesen sich jedem Grundstück nähern. Ich stellte mein Fahrrad an den Bretterzaun, kletterte bis zum Lenker und Sattel, stellte mich mit dem einen

Bein auf den Lenker, mit dem anderen auf den Sattel und so konnte ich ganz bequem über den Zaun schauen. Ich dachte Wolfgang schläft und wollte gerade wieder vom Fahrrad absteigen, da machte er die Augen auf. „So lange musst du jeden Tag Zeitungen austragen?"

„Ja", antwortete ich, „bis zum letzten Haus in der Kanalstraße."

„Und das jeden Tag, ob Sommer, ob Winter, ob Regen oder Schnee?"

„Ja", sagte ich. „Die Hauptsache ist, die Zeitungen kommen trocken, sauber und glatt bei den Kunden an. Sonst gibt es Ärger mit dem Chef und das ist nicht gut für meine Mutter."

„Du magst deine Mutter sehr?", fragte Wolfgang. Ich nickte und antwortete: „Ich habe die beste Mama auf dieser Welt!"

„Ich habe nur Luisa, unsere Hausangestellte. Meine Eltern müssen beide den ganzen Tag arbeiten. Aber dann habe ich ja noch dich. Oder bist du nicht mein Freund?", fragte Wolfgang. „Natürlich bin ich dein Freund. Ich hoffe sogar, ich bin dein bester Freund und beste Freunde halten immer zusammen. Ach so, ich wollte dir noch erzählen, was unser Sportlehrer zu den unsportlichen Schülern gesagt hat. Er meint, sie sind deshalb so schlecht im Sport, weil sie zu wenig Muskeln und deshalb keine Kraft haben. Sie sollten zuhause mehr üben. Und das machst du jetzt auch, Wolfgang. Du fängst ganz vorsichtig an. Erst ein Bein anziehen, strecken, anziehen, strecken. Aber nur so, dass du dich nicht dabei überanstrengst. Dann das andere Bein. Anziehen, strecken, anziehen, strecken. Du musst auf dein Herz hören, es muss immer ruhig und gleichmäßig schlagen. Sonst musst du sofort aufhören. Versprichst du mir das?"

„Ja", antwortete Wolfgang gedehnt.

„Nach einer Ruhepause machst du es mit den Armen genauso." Ich ließ die Hände vom Bretterzaun los, um ihm vorzumachen, wie er die Übung durchführen soll. Dabei verlor ich das Gleichgewicht und fiel vom Fahrrad.

Wolfgang rief: „Hast du dir etwas getan?"

„Nein, nein", rief ich zurück, „der Wiesenboden ist ja weich. Für morgen aber habe ich mir einen anderen Trick ausgedacht. Mach's gut, Wolfgang. Bis morgen."

Am nächsten Tag brachte ich einen Kuhfuß, eine Zange und einen Hammer mit. Ich suchte mir am Zaun eine Stelle, wo auf der anderen Seite viel Gebüsch stand, löste mit dem Kuhfuß unten drei Bretter vom Zaun, sodass man sie zur Seite schieben und durchschlüpfen konnte. Wolfgangs Schäferhund, der im Garten immer an seiner Seite war, guckte nur mal kurz hoch und fiel sofort wieder um.

Unbemerkt von den anderen verlebten wir im Garten eine schöne Zeit. Wolfgangs Körperkraft nahm immer mehr zu, sein Appetit auch und sein Doktor war äußerst zufrieden mit ihm.

Aber dann kam das Stadtsportfest, bei dem von allen drei Schulen, die wir in der Stadt hatten, die besten Sportler ermittelt werden sollten. „Schade, dass du nicht mitkommen kannst, du bist ja leider kein Schüler unserer Schule. Na ja, du könntest wegen deiner Krankheit sowieso nicht mitmachen. Aber ich hab' da eine tolle Idee. Bevor die Endkämpfe beginnen, bei denen die Sieger ermittelt werden, wird immer eine lange Pause gemacht. In der Pause komme ich mit dem Fahrrad hierher und hole dich ab. Du kannst dir ja ein kleines Kissen besorgen, damit der Gepäckträger auf meinem Fahrrad nicht so drückt."

Wolfgang war begeistert. „Ja, so machen wir das!"

„Meine Schwester Ursula, die nicht so gut im Sport ist, aber dafür die Beste in der Klasse, übernimmt an diesem Tag meine Zeitungstour, damit ich in Ruhe Sport machen kann."

Es klappte alles wie ausgedacht. Wolfgang besorgte noch ein paar Decken, die wir so zusammenrollten, dass es aussah, als ob Wolfgang auf der Liege schläft. Dann schlichen wir uns durch das Loch im Zaun in die Freiheit. Sein Schäferhund wollte mit, aber er musste da bleiben, da keine Hunde auf dem Sportplatz zugelassen waren. „Hoffentlich verrät er uns nicht", meinte Wolfgang.

Es war nicht weit bis zum Sportplatz. Ich hatte vorher schon für Wolfgang einen schönen Platz reserviert. Sein kleines Kissen, was er mitbrachte, war goldrichtig. Ich hatte den Weitsprung mit 4,60 m in meiner Altersklasse und den 60-Meter-Lauf gewonnen. Jetzt wollte ich für Wolfgang noch den 1000-Meter-Lauf gewinnen, aber dafür wurde ich nicht zugelassen, weil ich noch zu jung wäre. Dieser Lauf war nur für 14- bis 16-Jährige erlaubt.

Ich hielt mich einfach in der Nähe vom Startplatz auf. Als der Starter „auf die Plätze, fertig, los" sagte, lief ich einfach mit. Ich war ja als Letzter gestartet, da ich keine Genehmigung hatte. Ich hatte Glück. Die Großen ließen es langsam angehen und beäugten sich nur gegenseitig und schon war ich in der Spitzengruppe. Sie nahmen mich gar nicht für voll, denn sie wussten ja, dass ich keine Startgenehmigung hatte. Ich lief weiter mein Tempo. 300 m vor dem Ziel fing ich an zu spurten. Ich wusste, dass ich diesen langen Spurt durchhalten kann und lief als Erster durchs Ziel. Der Sportplatz tobte. Ich lief noch eine halbe Runde weiter, bis zu meinem Freund Wolfgang. Aber was war das? Neben Wolfgang saß sein Schäferhund mit hängender Zunge und hechelte. Neben dem Schäferhund stand Luisa, die Hausangestellte, und auf der anderen Seite von Wolfgang stand eine ganz schicke Dame. „Darf ich dir meine Mutter vorstellen, und denk dir, sie ist nicht einmal böse mit uns, weil du mich mitgenommen hast."

„Darüber reden wir noch", sagte die Dame schroff und lächelte dabei. Mit einem weichen, zärtlichen Ton sagte sie weiter: „Du bist also dieser Junge, der dieses Wunder an meinem Sohn vollbracht hat, so schnell wieder gesund zu werden. Du darfst dir etwas wünschen, egal, was es kostet." Ich überlegte nicht lange und sagte: „Ja, ich habe einen Wunsch: einmal mit dem Opel-Admiral mitfahren zu dürfen."

„Genehmigt", sagte Wolfgangs Mutti, „du hast freie Fahrt, solange wir den Opel haben."

Ob sie damals schon ahnte, dass sie den Opel bald abgeben musste, weil der Krieg begann?

Denkzettel

Jahrelang saßen Oskar und Willi nebeneinander auf der Schulbank. Oskar war der typische Streber, der immer der Beste sein wollte, obwohl ihm das Lernen nicht schwerfiel. Willi dagegen war der Genügsame, der sich alles schwer erarbeiten musste. Für ihn war eine Vier schon immer die Eins des kleinen Mannes. Heute sollte die allerletzte Arbeit für das Entlassungszeugnis geschrieben werden und dann war endlich Schluss mit der Schule.

Ihr Lehrer, streng, aber gerecht, gab gestern die Themen aus: „A", „B", „C", „D." Willi hörte das erste Mal auf seine innere Stimme und arbeitete alle vier Themen schriftlich aus.

Die Schüler, die nun geglaubt hatten, dass ihr Lehrer mit A beginnt, die zweite Reihe mit B, sodass keiner vom anderen abschreiben konnte, sahen sich getäuscht. Ihr Lehrer war nämlich ein Pfiffikus und sagte: „Erste Reihe hat C." Somit brachte er die ganze Klasse in Schwierigkeiten. Oskar stöhnte: „Alles habe ich gemacht, aber C – nicht ein Gedanke." Kumpel Willi überlegte nicht lange, fasste in seine Tasche und holte die fertig ausgearbeitete Aufgabe „C" heraus und gab sie Oskar zum Lesen.

Bald darauf wurde der Lehrer auf die beiden aufmerksam. Genau in dem Moment, als er zu den beiden hinüberschaute, gab Oskar die Arbeit mit lauten Worten wieder zurück: „Haste jut jemacht." Für Willi brach eine Welt zusammen, gleich würde der Lehrer kommen und zu ihm sagen, dass er einpacken und das Zimmer verlassen solle. Aber er kam nicht. Obwohl er alles beobachtet hatte, drehte er sich zur Tafel und tat so, als wäre er sehr beschäftigt.

Es ging alles gut, auch die letzte Arbeit war geschafft.

Heute, am letzten Schultag, war auch die Zeugnisübergabe. So wie sie in der Klasse saßen, bekamen sie auch ihre Zeugnisse übergeben. Nur Willi wurde ausgelassen. Er dachte: „Mein

Gott, was hast du nun wieder angestellt, oder hast du es am Ende nicht geschafft?" Als alle, außer Willi, ihre Zeugnisse hatten, rief der Lehrer laut in das aufkommende Gemurmel: „Alle mal herhören! Ich muss euch zum Abschluss noch einmal etwas sagen. Wir sind nun so viele Jahre zusammen und ich habe immer geglaubt, dass der Willi vom Oskar abschreibt, obwohl ich ihn nie erwischt habe. Aber bei der letzten Arbeit wurde ich eines Besseres belehrt. Ich möchte mich deshalb bei Willi in aller Form entschuldigen." Er gab ihm sein Zeugnis und reichte ihm die Hand. Etwas leiser fügte er noch hinzu: „Schutzengel gibt es viele auf dieser Welt, oft sind sie aber nicht zur Stelle, wenn man sie braucht. Dir, lieber Willi, wünsche ich aber immer einen, wenn du in Not bist." An alle gewandt, sagte er dann wieder etwas lauter: „Wenn ihr jetzt hinausgeht in das Leben, denkt immer daran: Bei allem, was ihr macht oder tut, vergesst nie dabei, ein Mensch zu sein!"

Mein bester Freund Mücke

Wir beide, Mücke und ich, wurden im gleichen Jahr geboren. Wir wohnten im gleichen Mietshaus. Wir spielten immer zusammen, heckten gemeinsam unsere Streiche aus, saßen nebeneinander auf der Schulbank. Wir hatten eine Geheimsprache entwickelt, die man nur mit den Augen sprach. So konnten wir uns im Beisein von anderen unterhalten, ohne dass sie etwas bemerkten. Es war schon ein toller Trick damals, um den uns andere beneideten.

Aber dann begann eine Zeit, in der wir wie ein Stück zusammengeschweißt wurden:
Die großen Sommerschulferien waren zu Ende und der Unterricht in der Schule hatte wieder begonnen. Wie in jedem Jahr mussten wir als erste Hausaufgabe einen Aufsatz über das schönste Ferienerlebnis schreiben. Viele waren verreist. Die Einen waren bei Verwandten, Andere besuchten Oma und Opa auf dem Land. Sie halfen bei der Ernte, was großen Spaß machte. Nur einer aus unserer Klasse, mein Freund Mücke, konnte nicht verreisen, weil er seiner Mutter beim Austragen der Zeitungen helfen musste. Er war also ein richtiger Zeitungsjunge. Weil er kein schönes Ferienerlebnis hatte, schrieb er nach dem Motto: „Träume sind der Reichtum der Armen", einen Aufsatz als Traum, den er selbst erfunden hatte. Er schrieb ihn erst auf einen Schmierzettel, den er seiner vier Jahre älteren Schwester zum Lesen gab. Sie war sehr begeistert, einen kleinen Bruder zu haben, der einen so tollen Aufsatz schreiben konnte. Sie verbesserte die Fehler und setzte die Interpunktionen so, dass der Aufsatz völlig fehlerfrei war. Erst dann durfte er ihn ins Aufsatzheft übertragen.
Ein paar Tage später, als der Klassenlehrer die korrigierten Hefte wieder zurückgab, wunderte sich Mücke, dass sein Heft das

letzte war und er nach vorn zum Lehrerpult kommen musste. Der Lehrer stellte ihm die Frage, wer den Aufsatz geschrieben hätte. Völlig überrascht antwortete er: „Na ich!" Batsch ..., hatte er eine Ohrfeige weg. „Ich frage dich, wer den Aufsatz geschrieben hat!", wiederholte der Klassenlehrer langsam. „Na ich!", antwortete Mücke, noch mehr erbost. Wieder klatschte es eine Ohrfeige.

Später konnte keiner sagen, wie oft der Lehrer dieses Spiel wiederholte. Als die Ohrfeigen, nach Meinung des Lehrers, nicht mehr halfen, holte er seinen Rohrstock hervor und prügelte so lange, bis Mücke unseren Lehrer anlog und sagte, dass der Aufsatz von seiner großen Schwester geschrieben wurde. „Warum nicht gleich so?", antwortete der Lehrer erschöpft. Er erschrak aber gleichzeitig, als er in die Augen von Mücke sah – keine Tränen, blanker Hass und Verachtung schauten ihn an. An diesem Tag brauchte keiner mehr Mücke etwas über Gerechtigkeit erzählen, er war geheilt.

Zwei Stunden später hatte unsere Klasse bei einem anderen Lehrer Sportunterricht. Im Sport konnte keiner Mücke etwas vormachen. Da war er der Beste. Ob beim Geräteturnen oder in der Leichtathletik. Heute aber waren alle gegen ihn. Es wurde Handball gespielt und seine Mannschaft verlor. Verlieren aber war ein Fremdwort für ihn. Deshalb fing er an zu meckern ohne Unterlass. Er beschimpfte auch den Schiedsrichter, der nun mal unser Lehrer war. Der aber war nicht faul, schickte einen Schüler, der gerade nicht mitspielte, einen Rohrstock holen. Als Mücke wieder so eine Kanonade vom Stapel ließ, sagte der Sportlehrer zu ihm: „Komm bitte mal mit in die Turnhalle." Ich konnte Mücke gerade noch mit den Augen warnen, bevor sie beide die Turnhalle vom Seiteneingang betraten. Gleich neben der Tür stand der Rohrstock. Der Lehrer sagte zu ihm: „Bücken, du weißt, warum!" Mücke konnte später nicht sagen, warum er es tat. Er hatte ja nur eine Turnhose und ein Turnhemd an. Aber beim Bücken zog er seine Hose mit herunter und zeigte seinem Sportlehrer sein nacktes Hinterteil. Die Striemen vom Klassenlehrer müssen furchtbar auf den Sportlehrer gewirkt haben. „Wer war das?", fragte er.

„Mein Klassenlehrer!"

„Zieh dir bitte die Hose hoch", sagte er milde. Aber mit aller Schärfe fügte er hinzu: „Meckerst du noch einmal herum oder erzählst etwas von Schummelei, dann kannst du mir glauben, dann, dann, dann ..."

Später, als Mücke erwachsen und unser Sportlehrer alt war, trafen sie sich oft zum Fußball auf dem Sportplatz. Als sie in der Pause gemeinsam ein Bier tranken, sagte der Sportlehrer oft zu ihm: „Weißt du noch, damals in der Turnhalle?"

Zwei Tage später, die Wunden auf seinem Hinterteil waren immer noch sichtbar, traf er beim Austragen der Zeitungen unseren Schulrektor. Wie damals üblich, grüßte er mit dem deutschen Gruß „Heil Hitler". Sein Fehler war nur, dass er seinen rechten Arm nicht gestreckt bis in Augenhöhe hob, sondern seinen Arm beim Gruß so stark einwinkelte, dass sein Handrücken fast seine Schulter berührte. Prompt sagte der Rektor: „Komm mal her, wie heißt du? Morgen um acht bei mir im Zimmer, da werden wir gemeinsam den deutschen Gruß üben, bis du es kannst."

Am nächsten Tag, pünktlich um acht Uhr, klopfte Mücke beim Rektor an die Tür. „Herein", hörte er die Stimme des Rektors. Er öffnete die Tür, der Rektor, ein mittelgroßer Mann mit einem riesigen Bierbauch, stand mit dem Rücken am Kachelofen gelehnt und schubberte an der Ofenkante seine Wirbelsäule. Neben dem Ofen stand auch schon der Rohrstock. „Na, dann wollen wir gleich mal mit dem Üben beginnen." Der Rektor blieb am Ofen stehen. Mücke musste an ihm vorbeilaufen und mit erhobenem gestrecktem rechtem Arm „Heil Hitler" sagen. Jedes Mal, wenn er vorbei ging, bekam er mit dem Rohrstock einen über, bis der Rektor erschöpft aufgab. Tränen wollte der Rektor sehen, stattdessen sah er in ein paar Augen, die ihm Angst machten.

Später, als der Krieg schon zu Ende war, im Sommer 1946, standen wir mit noch ein paar anderen Jugendlichen vor dem Kino, als der ehemalige Rektor vorbei kam. Alle sagten, wie dann üblich, „Guten Tag". Nur Mücke sagte laut und deutlich „Heil Hitler" zum Rektor. Dieser, vom Jähzorn gepackt, ging mit erhobenem Spazierstock auf ihn los. Mücke blieb stehen und die beiden schauten sich tief in die Augen, wie damals im Rektorzimmer. Es sah so aus, als ob dem Rektor das Blut in den Adern erstarrte, er wurde leichenblass, senkte seinen Spazierstock, drehte sich um und ging wortlos weiter. Später erzählte man, Mücke hätte nur mit seinen Augen und seinem Blick eine längst überfällige Schlacht gewonnen. Aber es sollte noch viel schlimmer kommen.

Alle, die damals den Krieg überlebt hatten, begannen 1946 wieder zu leben. Obwohl wir hungern mussten, konnte man der Jugend das Tanzen und das Vergnügen nicht verbieten. Sie wollten endlich leben und fröhlich sein.

So waren damals die Tanzlokale, die wie Pilze aus den Trümmern schossen, immer überfüllt. Das größte Tanzlokal in unserer Stadt hieß Fahrtmann und war in der Wilhelmstraße. Auch russische Offiziere waren oft dort anwesend, die mit deutschen Mädels anbandeln wollten. Mit einigen klappte es ja auch. Dafür hatten die anderen Mädels ihre Ruhe und brauchten keine Angst zu haben. Auch wir beide, Mücke und ich, besuchten oft solche Tanzveranstaltungen. Wir hatten aber nie irgendwelche Schwierigkeiten mit russischen Offizieren. Warum es an diesem Abend anders war, konnte sich später keiner mehr von uns erklären.

Eine Tanzrunde war gerade beendet. Alle saßen wieder auf ihren Plätzen. Da schob vom Eingang her ein russischer Offizier Mücke auf die leere Tanzfläche, holte seine Pistole hervor, lud sie durch und zielte mit ausgestrecktem Arm auf seine Brust. Wie auf Kommando herrschte Totenstille im Saal. Alle hielten den Atem an. Man hätte eine Stecknadel auf den Boden fallen hören können, und man merkte, dass alle große Angst hatten.

Nur einer nicht. Er schaute dem Offizier genau in die Augen. Nach einem Moment, der wie eine Ewigkeit dauerte, senkte der Offizier wie in Hypnose seine Pistole, steckte sie ein und verließ den Saal. Ein Schrei der Erlösung folgte, als ob wir gerade den Krieg gewonnen hätten.

Am nächsten Tag erzählte man seiner Mutter von dieser Begegnung und der Erzähler meinte, ihr Sohn Mücke wäre ein Teufel in Menschengestalt. Aber er wäre ein angenehmer Teufel.

Der bitterkalte Winter 1946 war so eisig, dass sogar die Wasserleitungen tief in der Erde einfroren und Menschen, die nichts zum Heizen hatten, in ihren eigenen Betten erfroren. Dieser Winter war Gott sei Dank vorbei. Was aber blieb, war der Hunger.

Als die Sonne höher kam und die Temperatur angenehmer wurde, machten wir uns auf den Weg und gingen auf Hamstertour. Walter, der im gleichen Alter war wie wir und auch bei uns im Haus wohnte, war schon öfter auf Tour und hatte Erfahrung darin. Er nahm uns mit.

Wir fuhren mit einem Hamsterzug bis nach Radensleben. Weil es uns sicherer erschien, fuhren wir draußen auf dem Trittbrett mit. Dort angekommen mussten wir noch drei Kilometer bis zum Dorf laufen. Walter und ich hatten schon bald unsere Rucksäcke und Beutel voll mit Kartoffeln. Aber Mücke hatte noch nicht eine Kartoffel erbetteln können. „Was nun, der Zug fährt erst wieder am Abend zurück", meinte Walter. „Wir haben also noch genug Zeit!" Zu Mücke gewandt sagte er: „Du bleibst hier und passt auf unsere Kartoffeln auf. Und du kommst mit", meinte er zu mir.

Wir liefen nicht lange die Dorfstraße hinunter, da blieb Walter vor einem Bauernhof stehen. „Das ist eigentlich nicht der Typ von Bauer, der was gibt, aber versuchen können wir es ja!" Wir gingen hinein und stellten fest, dass die Bauersfrau ganz allein zu Haus war. Walter legte sofort los, erzählte was von sieben Kindern ohne Vater, dass seine Geschwister alle noch ganz klein sind und er, der Ältere, für sie sorgen müsste, damit sie nicht verhungern. Dabei liefen ihm die Tränen wie ein Wasserfall herunter. Ich war so verblüfft über Walters große schauspielerische Fähigkeiten und musste wohl ganz dumm drein geschaut haben, dass die Bäuerin uns wirklich den Rucksack und den Beutel voll Kartoffeln mitgab. Mücke strahlte und sagte zu Walter: „Das vergesse ich dir nie!"

„Der Zug fährt zwar erst am Abend, vorher aber müssen wir die Kartoffeln noch zum Bahnhof bringen", meinte Mücke. Wir halfen uns gegenseitig. Jeder erst den Rucksack und dann den Beutel oben quer. Mein Gott, war das ein Gewicht und das drei Kilometer lang.

Wir waren kaum aus dem Dorf heraus, da wollte Walter schon die erste Pause machen. Mücke war dagegen. „Wenn wir jetzt schon eine Pause machen, dann schaffen wir den Zug nicht, denn nach jeder Pause wird die Last immer schwerer!" Er stimmte ein Lied an, machte Witze nach dem Motto: „Schnaps, Schnaps, Klavier vorm Bauch, wie lang ist die Chaussee, links 'ne Pappel, rechts 'ne Pappel, in der Mitte ein Pferdeappel, Schnaps, Schnaps."

Wir hatten die Hälfte des Weges schon geschafft, als uns ein mit Getreide voll beladener Pferdewagen entgegenkam. Zwei Männer saßen vorn auf dem Wagen, einer davon ein Drei-Zentner-Mann, für den das Wort Hunger ein Fremdwort war. Und ein kleiner Spacker, dem man das Vaterunser durch die Rippen blasen konnte. Wir ließen uns beim Singen nicht stören. Als wir auf der Höhe der Pferdeköpfe angekommen waren, sagte der Dicke ganz laut zu uns: „Euch Nazischweine müsste man die Peitsche um die Ohren schlagen!"

Der Wagen fuhr weiter. Mücke drehte sich um und rief den beiden hinterher: „Da gehören immer zwei dazu, ihr Arschlöcher, einer, der zuschlägt, und der andere, der still hält!"

Brrr, brrr ..., der Pferdewagen blieb stehen und wir auch. Mückes Augen sagten zu mir: Geht weiter, ich mach das hier schon.

Der Kleinere sprang mit einem Satz vom Wagen und bewaffnete sich mit dem Ladestock. Der Ladestock ist ein 80 cm langer, etwa 5 cm dicker Holzknüppel, den man zu zweit zum Beladen von Getreidesäcken benutzt. Der Dicke hatte Mühe, mit seiner Peitsche unbeschadet vom Wagen auf die Chaussee zu kommen.

Mücke stand von der schweren Last nach vorn gebeugt mitten auf der Straße und wartete. Als der Dicke, bei Mücke ankam, stieß er ihn mit der Hand vor die Brust, sodass Mücke durch die Last wie ein gefällter Baum nach hinten umfiel und Mühe hatte, sich vom Rucksack zu befreien. Kaum dass Mücke wieder stand, befahl der Dicke dem Dünnen: „Zeige dem Nazischwein, wer hier der Herr im Hause ist." Aber Mücke, sportlich durchtrainiert, gab den beiden keine Chance, ihn zu treffen. Plötzlich blieb Mücke mitten auf der Chaussee aufrecht stehen. Er schaute an den beiden vorbei, als ob hinter ihnen noch ein anderer stand. Ich kannte diesen Trick, er hatte ihn schon öfter angewendet. Er sagte zu dem, der nicht vorhanden war: „Kannst du mir ein bisschen helfen?" Wie auf Kommando drehten sich beide um. Mücke kam wie ein Rammbock von hinten und stieß sie um. Er nahm die Peitsche und den Ladestock an sich und befahl mit seiner uns bekannten, messerscharfen Stimme, die mir wie immer eine Gänsehaut über den Rücken laufen ließ: „Liegen bleiben! Liegen bleiben!", sagte er nochmals gedehnt, nachdem der Dünne aufstehen wollte. Er gab ihm einen Tritt. „Das, was ich jetzt sage, sage ich nur einmal." Er zischte dabei wie eine Giftschlange. „Wenn ihr noch einmal zu uns Nazischweine sagt, dann erlebt ihr einen Spaß, den ihr in eurem dreckigen Leben nie mehr vergessen werdet!" Er gab den Pferden mit der Peitsche einen Schlag, die sich sofort in Bewegung setzten. Die beiden sprangen auf und liefen dem Wagen hinterher.

Unweit von der Straße waren Kartoffelmieten angelegt, die von einem Rotarmisten, mit einer MPi bewaffnet, bewacht wurden. Auf einmal schoss er ein paar Salven in die Luft und schrie: „Hurrä, Hurrä, Hurrä", und winkte zu uns herüber. „Mensch", meinte Walter, „wenn ich gewusst hätte, dass der auf unserer

Seite ist, dann hätte ich meine Kartoffeln nicht so weit geschleppt!" Wir winkten alle drei zurück.
Der Rest des Weges bis zum Bahnhof war dann nur noch ein Katzensprung. Kurz vor dem Bahnhof auf der rechten Seite der Straße war eine kleine Kiefernschonung, die fast bis zu dem Gleis reichte. Mücke bestimmte, dass wir uns mit unseren Kartoffeln in die Schonung dicht am Bahnhof verstecken, damit wir alles beobachten können. Mir befahl er, zum Bahnsteig zu gehen, um die Gesamtlage zu erkunden. Es dauerte nicht lange, da kam auch schon ein Hilfspolizist, der nach drei Jungen fragte. Ich log: „Drei Jungen habe ich nicht gesehen!" Wir hatten Glück. Als der Zug kam, warteten wir so lange, bis das Abfahrtssignal ertönte, dann erst stiegen wir auf der falschen Seite auf den Zug auf und fuhren wieder auf dem Trittbrett mit. Alles ging gut.
400 m vor unserem Heimatbahnhof stand das Signal wie fast immer auf Halt, obwohl es nur diesen einzigen Zug gab. Später erzählte man, dass die Eisenbahner immer den Zug anhalten ließen, wenn Polizisten mit sächsischem Dialekt auf dem Bahnsteig warteten, um den Menschen die erbettelten Kartoffeln wieder abzunehmen. Die Sachsen waren damals schon für uns die fünfte Besatzungsmacht. Bevor der Zug weiterfuhr, stiegen wir ab und gingen freudig nach Hause. Wieder stellte ich fest, einen richtigen Freund zu haben, ist das Tollste, was es gibt auf dieser Welt.

Mitten im Sommer 1946 wurde Mückes Vater auf der Straße von den Russen verhaftet und im Keller der Kommandantur eingesperrt. Keiner wusste, warum. Einfach nur so.
Nun saßen wir drei, Mückes Mutter, Mücke und ich, bei Mücke in der Küche und jeder ging seinen eigenen Gedanken nach. Leise, seine Stimme klang wie ein Gebet, sagte Mücke: „Papa, ich schwöre dir, ich hol dich da raus!" Laut und eindrucksvoll antwortete Mückes Mutter: „Du machst gar nichts! Es ist alles schon schlimm genug."

„Na gut", meinte Mücke gedehnt, „aber zum Essen bringe ich ihm trotzdem was! Ich lass doch meinen Vater nicht verhungern!"

„Junge, nehme doch bitte Vernunft an. Du kannst deinem Vater nicht helfen, wie willst du das nur anstellen?"

„Mamutschka", so nannte Mücke seit einiger Zeit seine Mutter, woraus man erkennen konnte, dass Mücke die russische Seele mochte, nur mit den Sowjets klappte es nicht. „Mamutschka", sagte er, „glaube mir, ich schaffe es. Ich weiß zwar noch nicht, wie. Aber ich schaffe es!"

Am nächsten Morgen, Mücke hatte seinen dicken Kopf durchgesetzt, schnitt seine Mutter das letzte Stück Brot in Scheiben und machte zwei kleine Päckchen daraus, damit Mücke das Brot besser in seinen Taschen verstauen konnte. Dann machten wir uns auf den Weg zur Kommandantur, wo Mückes Vater irgendwo in einer Zelle im Keller eingesperrt sein sollte.

Ich war der Letzte, der die Wohnungstür schließen musste. Ich schaute noch einmal zurück, man konnte, wenn man an der Wohnungseingangstür stand, durch den Korridor bis in die Küche schauen. Mückes Mutter saß am Küchentisch, die Arme angewinkelt, die Ellenbogen auf der Tischplatte und die Hände gefaltet, worin sie ihr Gesicht gelegt hatte. Ganz leise schloss ich die Tür hinter mir, weil ich sie in ihren Gedanken nicht stören wollte.

Über unseren Schulhof, wo wir jeden Busch und jeden Kieselstein kannten, schlichen wir uns bis zur Kommandantur heran. Zwischen uns lagen nur noch die Straße und der 2 m hohe, grün angestrichene Bretterzaun, der die ganze Kommandantur umgab. Ich weiß nicht, wie lange wir schon unter dem großen Busch, der noch zum Schulhof gehörte, gelegen haben. Die Gesichter mit dunkler, feuchter Erde eingefärbt, damit man uns nicht so schnell erkennen konnte, bis wir einstimmig zu einem Resultat gekommen waren. Weil wir beide keine Uhr hatten, mussten wir bis 60 zählen, bis die beiden Posten, die immer auf der Straße auf und ab gingen, sich wieder umdrehten. Mücke musste also in weniger Zeit, als man bis 60 zählen konnte, über den hohen Zaun klettern, die Zelle von seinem Vater finden, das Brot abgeben und dann wieder zurückkommen, ohne gesehen zu werden. Zur Sicherheit zählten wir noch ein paar Mal, aber die Posten waren wie ein Uhrwerk. Dann hielt ich die großen Zweige zur Seite, damit Mücke beim Anlauf keine Geräusche machte. Der hohe Zaun machte ihm keine Schwierigkeiten. Mit einer Räuberflanke mogelte er sich darüber und war verschwunden. Die Posten hatten nichts bemerkt. Ich war schon bei 45 angelangt, da bemerkte ich, dass oben in der ersten Etage ein Offizier ein Fenster öffnen wollte. Ich konnte doch nicht mit lautem Rufen Mücke warnen. Gott sei Dank, das Fenster klemmte. Endlich, bei 55 kam Mücke wie ein Panther über den Zaun. Ich hielt ihm die Zweige zur Seite, damit er besser durch den Busch springen konnte. Erst dann konnte der Offizier im ersten Stock das Fenster öffnen und schrie mit lauter Kommandostimme irgendwelche russischen Befehle. Aber wir waren schon um das Schulgebäude verschwunden. Wir liefen, als ob der Teufel mit einer Horde Bluthunde hinter uns her wäre. Erst als wir fast zuhause waren, blieb Mücke stehen und meinte, wir müssten erst einmal verschnaufen, damit seine Mutter nicht bemerke, wie gefährlich es wirklich war. Weil bei Mückes der Wohnungsschlüssel immer in der Tür steckte, konnte ich als Erster die Tür öffnen. Seine Mutter saß noch genauso am Küchentisch, wie wir sie am Morgen verlassen hatten. Ich glaube, sie hat die ganze Zeit gebetet.

Am nächsten Tag, kurz vor der Mittagszeit, stand Mücke an der Kaffeemühle, die in der Küche an der Wand hing, und mahlte Roggenkörner. Diese sollte es mit Wasser und Salz gekocht zum Mittag geben. Auf einmal ging die Tür auf und Mückes Vater kam herein. Ich glaubte, jetzt wird umarmt und vor Freude geküsst werden. Aber denkste, in dieser Familie freute man sich mehr innerlich. Hier spricht man mehr mit den Augen und die sagten tausendmal „Danke Mücke".

Nach dem Essen erzählte Mückes Vater, dass er einfach ohne Grund auf der Straße von den Russen verhaftet worden war und dann eingesperrt wurde. Von dem Posten, der für die Inhaftierten zuständig war, und ihm seine Uhr und sein Feuerzeug abgenommen hatte, bekam er immer etwas Essen. „Heute Morgen", so erzählte er dann weiter, „musste ich zum Kommandanten in der ersten Etage. Er fragte mich in gebrochenem Deutsch: Warum du hier? Er sprach wie alle Russen das deutsche H tief aus dem Rachen. Du, Nazek, du Faschist? Nein, antwortete ich. Dann kam eine Pause. Auf einmal fragte er mich: Hast du Sohn? Ich überlegte ganz kurz, ob ich lügen soll, doch ich entschied mich für die Wahrheit und sagte: Ja, ich habe einen Sohn! Was er wollen?, fragte der Kommandant weiter. Er wollte mir was zum Essen bringen! Und was du sagen? Ich brauche nicht hungern! Karrascho, gut! Wieder eine lange Pause und ich merkte, dass der Kommandant überlegte, dann stand er auf und ging zum Fenster. Auf einmal sagte er: Ich gesehen, wie Sohn über Zaun hereinkommen. Wie Katze. Karrascho. Er drehte sich langsam zu mir um und schaute mir genau in die Augen. Dann sagte er zu mir: Ich auch Sohn gehabt, wie du. Mein Sohn haben Faschisten liquidiert, tot gemacht. Du verstehen?, und seine Augen schauten mich mit einem Gemisch von Trauer und Hass an. Dann sagte er weiter: Wer so einen Sohn hat, der nix Angst, der für Vater alles geben, muss guter Vater sein. Er rief laut etwas auf Russisch. Ein Posten kam herein. Du nach Hause gehen, sagte er zu mir, Sohn braucht Vater! Ich antwortete ihm und sagte: Ich weiß nicht, was *danke* auf Russisch heißt, deshalb sage ich jetzt auf Deutsch danke! Nun bin ich wieder da und wir sollten das alles schnell vergessen. Nur eines muss ich noch sagen: Ich bin unheimlich stolz darauf, so einen Sohn zu haben, denn ohne Mücke wäre ich jetzt nicht hier."

Zu uns Jungen gewandt sagte er weiter: „Die Lehren, die ihr aus dieser Zeit ziehen solltet, sind die, dass Kriege das Brutalste sind, was es gibt auf dieser Welt. Wo immer auf dieser Welt Kriege geführt, gewonnen und verloren werden, die Verlierer sind immer rechtlos und vogelfrei. Frieden und Freiheit bekommt man nicht geschenkt, man muss jeden Tag erneut darum kämpfen. Wer aber nur an Reichtum und Wohlstand denkt, hat am Ende gar nichts und ist bitterarm!"

An diesem Tag war ich stolz darauf, dass ich wie ein Sohn in dieser Familie aufgenommen wurde und dazugehören durfte.

Meine Schwester Ursula

Wie alle Mädchen, die Ursula heißen, so hatte auch meine Schwester viele Namen. Die einen nannten sie Ulla oder Uschi, die meisten nannten sie Ursel.

Nur ich, ich machte eine Ausnahme und nannte sie Ulli. Alle vergilbten Fotoaufnahmen von 1926 bestätigen heute noch immer, dass meine Schwester Ulli schon als Baby und Kleinkind fotogen und ein hübsches Mädchen war.

Aber eines Tages, sie war noch ein Baby, nahm sie keine Nahrung mehr an und schrie nur noch bis zur Erschöpfung. Meine Mutter lief mit ihr von Arzt zu Arzt, aber keiner konnte feststellen, was ihr gesundheitlich fehlen könnte.

Früher spielte sich das Leben in der Gemeinschaft ab. Da wurde keine Wohnungstür abgeschlossen. Es war auch nicht notwendig, weil kein Fremder ungesehen in eine Wohnung eindringen konnte. Das Leben fand auf dem Hof statt. Dort waren verteilt Bänke aufgestellt, auf denen man zu viert sitzen konnte. Alle Arbeiten, die man außerhalb der Wohnung machen konnte, Gemüse putzen, Kartoffel schälen usw., wurden auf dem Hof verrichtet. Auch der neueste Tratsch wurde hier weitergegeben.

Wir waren damals 16 Mieter auf dem Hof und somit konnte meine Mutter nicht ungesehen mit ihrem schreienden Baby auf dem Arm ihre Wohnung erreichen. Großmutter Timmler fragte meine Mutter auf Plattdeutsch: „Watt hat dat Mäken, warum schreit dat so?" Meine Mutter erzählte ihr, dass die Ärzte nichts finden können. „Ick kom gleich nach oben und schau nach ihr", war ihre Antwort.

Nach einer Weile kam sie dann zu uns nach oben, meine Mutter musste das Zimmer verlassen und wartete in der Küche. Nach wenigen Minuten hörte meine Schwester auf zu schreien. Oma Timmler kam in die Küche und sagte zu meiner Mutter „Mach' deiner Tochter was zu essen. Sie hat großen Hunger." Sie drehte sich um und ging nach Hause. Meine Schwester aß und trank wieder und gedieh wunderbar. Aber immer, wenn meine Mutter Oma Timmler fragte, was sie mit meiner Schwester gemacht hatte oder was ihr damals fehlte, wich Oma Timmler aus. Sie wollte nicht darüber reden. Erst viele Jahre später klärte sie meine Mutter auf. Sie sagte: „Ich musste erst einen Kampf gewinnen, bevor ich darüber sprechen konnte. Deine Tochter war beschrien bis in den Tod. Aber solange wie ich lebe, kann ihr nichts mehr geschehen."

Wir wuchsen alle heran, wurden alle groß und stark. Aber dann starb Großmutter Timmler und es dauerte nicht lange, da wurde meine Schwester schwer krank und starb. Sie wurde nur 18 Jahre alt.

Erst jetzt erinnerte sich meine Mutter wieder daran, was vor vielen Jahren geschehen war und erzählte mir diese wahre Geschichte. Ob es nun früher wirklich Menschen gab, die anderen Menschen was Böses antun und sogar töten, wird man nie aufklären können. Aber eine Frage bleibt: Was hat ein Baby oder ein 18-jähriges unschuldiges Mädchen getan, dass es sterben musste? Wir werden es nie erfahren.

Die Geschichte von Waltraud Puhle, geb. Schulz

Da stand sie nun, von zwei Rotarmisten an die Hauswand gestellt, nachdem sie unsere Heimatstadt eingenommen hatten: eine Mutter mit fünf Kindern. Sie waren 13, 11, 8, 7 und 5 Jahre alt.

Urri oder *Kugel*, mehr Deutsch konnten sie nicht. Aber die Mutter hatte keine Uhr und auch keinen Schmuck mehr, alles hatte sie schon einem Russen vorher gegeben. Das sagte sie den beiden Russen immer wieder. „Nix, nix", schrie der eine und zielte mit seiner MPi auf Mutter und Kinder.

„Wenn ihr unbedingt morden wollt", sagte die Mutter, „dann zuerst meine Kinder und dann mich." Niemand von den sechs hatte Tränen in den Augen oder jammerte. Da sagte das elfjährige Mädchen spontan: „Na, dann bin ich eben nur elf Jahre alt geworden und ich hätte so gerne gelebt!" Ob nun der eine Russe ein bisschen Deutsch verstand, oder ob ihn die traurige Stimme, ohne Tränen in den Augen, von dem kleinen Mädchen beeindruckte ..., er drückte dem Schützen die MPi runter und sagte in einem Befehlston etwas auf Russisch. Zwei Worte sind bei den Kindern und der Mutter für immer haften geblieben: „Dawai, Paschli." Sie drehten sich um und verschwanden.

Alle Kinder sind groß und erwachsen geworden. Auch das elfjährige kleine Mädchen. Sie heiratete später, bekam eine Tochter, wurde eine wunderbare Mutti, eine über alles geliebte Oma und starb mit 77 Jahren viel zu früh.

Sie nannten ihn alle nur Jumbo

An dem Tag, an dem im Jahr die Nacht am längsten und der Tag am kürzesten ist, wurde Jumbo geboren. Es war ein nasskalter, grauer, schmuddeliger Tag. Aber Jumbo, der damals noch gar nicht Jumbo hieß, schrie, als wollte er sagen: „Hier bin ich, nehmt euch in acht. Ich habe immer einen Unfug auf Lager, von acht bis um acht." Die Hebamme sagte deshalb zu seiner Mutter: „Wer sich so lautstark zu Wort meldet, bereitet Ihnen entweder großen Kummer oder aber viel Freude im Leben."

Als sich seine Mutter später zurückerinnerte, musste sie immer wieder feststellen, dass er beides geschafft hat: ihr viel Freude, aber auch viel Kummer zu bereiten.

„Wir brauchen ja auch noch einen Namen für diesen Schreihals", sagte die Hebamme.

„Heinz, der Name würde passen."

„Das geht nicht", antwortete seine Mutter. „Wir haben schon einen Heinz in unserer Familie!"

Die Hebamme überlegte einen Augenblick und sagte: „Peter oder Paul, die lassen sich auch nicht die Butter vom Brot nehmen!" Somit steht noch heute auf Jumbos Geburtsschein Peter-Paul.

Später in der Schule, als ihm das Kürzel P-P zu schaffen machte, beschloss er seinen Namen zu ändern, aber Kumpel „Zufall" wollte es ganz anders, als er es sich vorstellte. Doch davon später.

Schon bei der Geburt von Peter-Paul war seine Mutter schwer krank und sein Vater, der wie so viele in der Weimarer Republik arbeitslos war, kümmerte sich nun intensiv um diesen kleinen Schreihals. Er wusch und wickelte ihn, wie man es nicht besser hätte machen können. Abends, wenn seine beiden großen Geschwister schon schliefen und er nochmals trocken gelegt werden musste, machte sein Vater die elektrische Heizsonne an, um mit ihm noch etwas zu turnen. Er legte ihn zum Beispiel bäuchlings nackig in ein großes weiches Kopfkissen, und immer, wenn der Kleine Luft holte, musste er den Kopf anheben, was natürlich anstrengend war. Er kreischte dabei, ein Zeichen, dass es ihm Spaß machte. Und obendrein wurde noch seine Arm-, Bein- und Rückenmuskulatur gestärkt, was ihm später beim Sport sehr zugutekam. Sein Vater turnte so lange mit ihm, bis er vor Erschöpfung ein- und die ganze Nacht durchschlief.

Paule, wie man ihn später als Vorschulkind nannte, wuchs mit vielen anderen Kindern in einem Mietshaus der Stadt auf. Freier als in einem Stadthaus – ohne Verwalter – kann man als Kind nicht aufwachsen. Die Kinder zankten sich wie überall und spielten dann wieder zusammen. Paule war immer mittendrin.
Als er etwa vier Jahre alt war, wollte er eines Tages ein Vogel sein. „Warum möchtest du denn ein Vogel sein?", fragte ihn seine Mutter. „Na, dann könnte ich doch den ganzen Tag in der Luft fliegen", antwortete er. Am nächsten Tag wollte er dann wieder ein Fisch sein, weil man im Sommer den ganzen Tag im Wasser schwimmen könnte.
Eines Tages hatte Paule ein vorbeifahrendes Pferdefuhrwerk gesehen und schon kam er wie ein Wilder von der Straße in den Hof zu den Erwachsenen gelaufen und schrie: „Mutti, Mutti, weest de, wat ick jerne sein möchte?"
„Na, was willst du denn heute wieder sein?"
„Ick möchte jerne Pferd sein!"
„Warum, um Gottes willen möchtest du denn gerne Pferd sein?", fragte ihn seine Mutter. Und Paule antwortete: „Na, dann könnte ich doch ooch so wie die Pferde im loofen scheißen!" Alle Erwachsenen, die sich gerade im Hof aufhielten, bogen sich vor lachen. Paule wunderte sich: Nur weil ich Pferd sein will, lachen die alle so blöd? Erwachsene sind manchmal aber ganz schön komisch.

Weil er so ein bewegungsfreudiger Quirl war, wollte er wie seine beiden großen Geschwister auch im Turnverein sein. So kam es, dass er als fünfjähriges Vorschulkind mitturnen durfte. Der Spruch an der Wand der Turnhalle: „Ob jung, ob alt, ob arm, ob reich, beim Turnen sind wir alle gleich", beeindruckte ihn sehr. Er dachte: Wenn wir hier alle gleich sind, dann ist der Sportlehrer ja nicht mehr als ich, dann bin ich hier richtig. Aber der Sportlehrer pfiff ihn aus seinen Gedanken gleich wieder in die Wirklichkeit zurück. Turnen ist nämlich eine Sportart, in der Disziplin und Fleiß ganz oben stehen. Nun lernte Paule das erste Mal in seinem Leben, was Gehorsam und Disziplin heißen. Aber weil sich alle fügten, fiel es auch ihm nicht schwer, Disziplin zu wahren. Seine Mutter war sehr glücklich darüber.

Weil er sich bei allen Übungen wirklich geschickt anstellte, durfte er als jüngster Teilnehmer beim nächsten Schauturnen mitwirken. Das Schauturnen war eine Art Werbeveranstaltung vom Turnverein, die auf der Bühne in der Turnhalle stattfand. Nach dem Motto: „So gut sind wir! Das alles könnt auch ihr erlernen, wenn ihr zu uns kommt!" Auch Familienangehörige sollten sehen, was ihre Schützlinge dazugelernt hatten. Deshalb war, wie in jedem Jahr, die Turnhalle bis auf den letzten Platz gefüllt. Etwa in der Mitte der Veranstaltung sollten nun die Kleinsten zeigen, was sie am Barren alles schon können. Paule wusste, dass er der Beste war, und wollte die Übungen deshalb besonders gut machen. Ein Fehlgriff am Holm und er fiel durch den Barren hindurch und knallte mit voller Wucht auf die ausgelegte dicke Gummimatte. Genau in diesem Moment, als sein Körper laut auf die Matte klatschte und die ganze Turnhalle den Atem anhielt und es so leise war, dass man eine Stecknadel hätte fallen hören können, in diesem Moment, sagte der kleine Kerl da oben auf der Bühne ganz laut: „So eine Scheiße!" Ein Aufschrei der Erlösung ging durch die ganze Halle. Sie klatschten und lachten und riefen „Bravo" und freuten sich, dass dem kleinen Kerl dort oben auf der Bühne nichts passiert war.

Am nächsten Tag stand zusammen mit einem Bild in der Zeitung: „Der Kleinste war gestern der Größte!" Seine Mutter war mächtig stolz auf ihn.

Einige Zeit später bekam Paule mitten im Sommer die Masern. Die anderen Kinder im Haus spielten alle unten im Hof. Seine Mutter trug Zeitungen aus und er war allein zuhause. Weil er sich gesundheitlich schon sehr gut fühlte, setzte er sich nur mit einem Nachthemd bekleidet ans offene Fenster und schaute den spielenden Kindern zu. Oma Liese und die anderen Hausbewohner schimpften mit ihm, er solle sofort wieder ins Bett gehen, er würde sich sonst den Tod holen. Paule aber lachte nur. Später, als seine Mutter nach Hause kam, lag er schon mit über 40 Grad Fieber im Bett und war nicht mehr ansprechbar. Als Paule schon erwachsen war, erzählte ihm seine Mutter, dass Dr. Lehmann, der jüdische Hausarzt, drei Tage um sein Leben gekämpft hat, bis er diesen Rückfall überstanden hatte.

Als Paule schon ein paar Jahre zur Schule ging, hat irgendeiner herausgefunden, dass man seine Vornamen mit P-P abkürzen konnte. Ab sofort hatte er die Hölle in der Schule. Es wurde nur noch geflachst, gelästert und geneckt. Aber dann bekam er durch Kumpel „Zufall" riesige Hilfe. Seine Schulklasse hatte Sportunterricht. Sie waren alle schon umgezogen und hatten ihr Sportdress an. Der Lehrer war noch nicht anwesend. Die Meute rief: „Los P-P, bring' uns mal zum Lachen." Aber Paule hatte keine Lust und lief durch die Sporthalle. Weil er so einen nicht nachahmenswerten, wiegenden, wankenden, leichtfüßigen Gang wie ein Elefant hatte, rief einer plötzlich: „Jumbo, lass die Ketten rasseln!" Und alle riefen im Chor: „Jumbo, Jumbo, lass die Ketten rasseln und den Ulk auf uns niederprasseln." Zum Glück kam der Sportlehrer in die Halle und das Geschrei verstummte so plötzlich, wie es begonnen hatte. Seinen Spitznamen aber, den hatte Peter-Paul weg. Alle nannten ihn ab sofort nur noch Jumbo. Später konnten sich die meisten nicht einmal mehr an seinen richtigen Namen erinnern.

Ab dem Kriegsjahr 1942 nahmen die alliierten Luftangriffe immer mehr zu. Deshalb wurden in den deutschen Gebieten, in denen es keine Luftangriffe gab, KLV-Lager (Kinderlandverschickungslager) eingerichtet. Dorthin wurden Kinder aus den gefährdeten Gebieten geschickt, um sich zu erholen. So ein Lageraufenthalt dauerte immer 6 Monate und war freiwillig. Muttersöhnchen waren nicht gefragt, denn 6 Monate ist eine lange Zeit, die man von zuhause weg war. Jumbo kam 1943 nach Schweidnitz in Niederschlesien, zusammen mit 34 anderen Schülern. Die Zeit von April bis Oktober mit viel Sonne und einem tollen Lagerleiter, der gleichzeitig auch der Lehrer war, war wunderschön. Alle Schüler nannten ihn „Papa Groß". Er hieß nicht nur Groß, er war auch groß gewachsen. Die Lagermannschaftsführer, die alle 6 Wochen gewechselt wurden, waren alle etwa 18 Jahre alt und kamen von Adolf-Hitler-Schulen, waren also stramme Nazis. Sie sollten den Schülern Zucht und Ordnung beibringen. Einer davon, der größte Spinner, sagte eines Tages zu Jumbo: „Du kannst dich schon darauf vorbereiten, einmal mache ich dich so fertig, dass du auf allen Vieren in dein Bett kriechst." Jumbo lachte so frech, wie er nur konnte, und sagte: „Da gehören immer zwei dazu. Du Arsch schaffst das nie!"

An einem Abend, an dem der Lagerleiter Papa Groß nicht anwesend war, musste die ganze Lagermannschaft in Doppelreihe antreten. „Erste Reihe, drei Schritt vorwärts Marsch! Erste Reihe kehrt! Jumbo vortreten! – So, mein lieber Jumbo, wenn ich dir jetzt den Befehl Vorwärts Marsch gebe, dann wirst du durch die Gasse hindurchmarschieren und ihr anderen werdet alle zuschlagen, wohin ihr trefft! Aber vorher ziehst du dir dein Braunhemd aus, wir wollen doch das Hemd des Führers nicht beschmutzen!" Jumbo bekam den Befehl „Vorwärts Marsch", aber keiner schlug zu. Der Lagermannschaftsführer tobte. „Ich bringe euch alle wegen Befehlsverweigerung ins K.Z.!"

„Na, du Arsch", sagte Jumbo zu ihm, „es ist wohl doch nicht so einfach, mich fertigzumachen." Zu den anderen gewandt sagte er: „Schlagt doch zu, ich halte das schon aus." Erst zaghaft, dann immer heftiger schlugen sie zu. Jumbo hatte das Gefühl, sie wollten damit sagen, wir können nichts dafür, wir haben einen Befehl. Jumbo muss schon ganz schön geblutet haben, denn er merkte, dass ihm etwas Warmes den Rücken herunterlief, als der Befehl kam: „Aufhören! Wegtreten!" Aber Jumbo hörte nicht auf. Er marschierte immer weiter, hin und her und her und hin. Der Lagermannschaftsführer brüllte: „Aufhören", aber Jumbo hatte seinen Dickkopf aufgesetzt und marschierte immer weiter. Er marschierte, bis er zusammenbrach. Im Sani-Zimmer wurde er dann von der Lagerkrankenschwester verarztet.

Am nächsten Tag im Schulunterricht sagte Papa Groß zu Jumbo: „Wie sitzt du denn heute nur? Setz' dich mal gerade hin!" „Kann nicht", kam als Antwort zurück. Die anderen erzählten nun, was sie mit Jumbo am Vortage machen mussten. Jumbo musste sich das Hemd ausziehen. Sein Rücken muss furchtbar ausgesehen haben. Das Gesicht von Papa Groß verfinsterte sich zu einem noch nie dagewesenen Unwetter. Er stürzte aus dem Klassenzimmer, lief den langen Gang bis zum Zimmer des Lagermannschaftsführers, riss die Tür auf und schrie, wie seine Schüler ihn noch nie hatten schreien hören: „Ich habe für die Jungen hier die Verantwortung. Wenn Jumbo gesundheitliche Schäden davontragen sollte, dann werde ich dafür sorgen, dass Sie nicht, so wie Sie den Jungens versprochen haben, wegen Befehlsverweigerung ins K.Z. kommen. Nein, ich werde dafür sorgen, dass Sie zur Ostfront kommen, wo Sie schon lange hingehören!" Ab da war Jumbo der King im Lager, aber er nutzte es nicht aus. Papa Groß merkte das sofort und ließ ihn spüren, dass er es gut fand.

Der herrliche Sommer 1943 ging vorbei. Es wurde Oktober und die Jungen mussten das schöne Schweidnitz in Niederschlesien verlassen und nach Hause fahren, wo sie wieder in jeder Nacht Fliegeralarm hatten.
Jumbo wurde von seinen Eltern aber auch in die Kinderlandverschickung geschickt, damit er Ordnung und Sauberkeit er-

lernte und um ihm „seine große Klappe zu stopfen". Als seine Mutter ihn vom Bahnhof abholte und ihn wiedersah, sagte sie jedoch zu einer anderen Mutter: „Es war alles vergebliche Mühe. Meinen Sohn kann niemand ändern, der bleibt immer so, wie er ist!" Was seine Eltern aber nicht bemerkten, war, dass durch die im Lager erfahrenen Ungerechtigkeiten seine Aufsässigkeiten gegenüber Erwachsenen noch größer geworden waren.

Jumbo war erst 13 Jahre alt, als seine Meute, das heißt, alle, die in Richtung Breite Straße, Lindenstraße und Karlstraße wohnten, immer gemeinsam nach dem Schulunterricht nach Hause gingen. Sie waren alle so übermütig und keiner wusste, warum. Sie ulkten, machten Witze. Sie benahmen sich einfach nicht normal. Ein ca. 35 Jahre alter, 1,85 m großer Straßenpassant kam ihnen entgegen. Er war Fotograf und hatte seinen Laden an der großen Kreuzung gleich neben der Kneipe „Zur Linde". Er muss nicht kriegsverwendungsfähig gewesen sein, sonst wäre er ja Soldat gewesen. Dieser Passant meckerte die Meute mit den Worten, sie sollten sich vernünftig auf der Straße benehmen, an. Harry Krüger aus der Karlstraße zog Grimassen, was dem Fotografen nicht gefiel. Er holte aus und gab ihm eine Ohrfeige. Jumbo war erbost. Die ganze Meute war hinter dem Fotografen her. Jumbo rief immer ganz laut, sodass es der Fotograf hören musste: „Harry, das hätte ich mir nicht gefallen lassen, den hätte ich in den Arsch gebissen." Inzwischen waren alle schon in der Breiten Straße angekommen, und zwar da, wo der Gehweg am breitesten war. Da blieb der Fotograf stehen und fragte Jumbo, ob er auch eine Ohrfeige haben will, wenn er sein Schandmaul nicht halte. Jumbo konterte zurück und grinste dabei, was jeden bisher aus der Fassung brachte. Er sagte: „Das trauen Sie sich sowieso nicht, weil Sie das Echo nicht vertragen können." Der Fotograf überlegte nicht lange, holte aus und wollte …, aber er kam nicht dazu. Jumbo war vorbereitet. Er bückte sich blitzschnell, ließ dabei seine Schultasche fallen. Die Hand des Fotografen ging über Jumbo hinweg. Jumbo klammerte beide Arme um die Beine des Fotografen und fällte den langen Kerl wie einen Baum. Er fiel um wie ein nasser Sack. Jumbo war flink wie ein Wiesel und saß mit einem Satz auf seinem Bauch. Mit beiden Fäusten schlug er immer wieder in das Gesicht, welches sofort aus Mund und Nase zu bluten anfing. Die Schlagfolge und die Härte der Schläge müssen sehr intensiv gewesen sein, denn der Fotograf blutete fürchterlich. Natürlich stand die grölende Meute im Kreis um das Schlachtfeld und gab Jumbo Schützenhilfe. Aber dann ein Ruf: „Jumbo, deine Mutter kommt!" Jumbo sprang auf, klopfte sich kurz seinen Anzug sauber, nahm seine Tasche und alle taten so, als ob nichts passiert wäre. Der Fotograf hatte die Chance genutzt und ganz schnell das Weite gesucht.

Am nächsten Tag um 8 Uhr hieß es in der Schule: „Alle, die gestern um 13 Uhr Unterrichtsschluss hatten und in Richtung Kanalstraße nach Hause gingen, beim Rektor melden!" Jumbo war körperlich nicht sehr groß. Er bestand nur aus Muskeln und Sehnen, kein Gramm Fett war an ihm. Genau dieser Umstand hatte ihm oft bei einer Prügelei geholfen, denn seine Gegner unterschätzten ihn immer. Aber beim Rektor hatte er keine Chance. Jumbo meldete sich freiwillig als Täter, weil er nicht wollte, dass die anderen für ihn Prügel beziehen sollten.

Später erinnerte er sich, dass diese Prügelstrafe die schlimmste war, die er in dieser Schule bekommen hatte. Wenn die Kondition des fetten, dickbäuchigen Rektors größer gewesen wäre, dann hätte er ihn bestimmt halb totgeschlagen. Jumbos Meinung dazu lautete damals wie heute: „Ich habe mich nur gewehrt, weil mich ein fremder Erwachsener auf der Straße verprügeln wollte. Und dafür wurde ich so ungerecht bestraft."

Jumbos Hass auf die Schule stieg ins Unermessliche und trotzdem ging er am nächsten Tag wieder hin. Später sagte er immer wieder: „Ich habe trotzdem an keinem Tag die Schule geschwänzt."

Als Jumbo die Schulzeit beendet hatte und in die Lehre kam, änderte sich sein Leben total. Die Menschen, mit denen er jetzt zu tun hatte, kannten ihn nur unter seinem richtigen Rufnamen und somit verlor er seinen Spitznamen in kurzer Zeit.

Vor ein paar Tagen aber betrat er das Wartezimmer seines Hausarztes als uralter Mann. Höflich, wie alle Menschen, sagte er: „Guten Tag." Einige nickten, andere dankten mit Worten. Einer von ihnen aber sagte laut und deutlich: „Guten Tag Jumbo!" Jumbo zuckte zusammen und lächelte ihn an. Ihm fiel der Namen des anderen nicht ein, er kam einfach nicht drauf. Sie saßen zu weit auseinander, um miteinander reden zu können. Der andere war früher fertig als Jumbo. Beim Verlassen der Praxis drehte er sich noch einmal um und fragte Jumbo: „Na, hast du mich erkannt?" Jumbo schüttelte den Kopf und sagte: „Nein." Daraufhin erwiderte der andere: „Ich hätte auch nicht gewusst, wer du bist, aber ich habe dich an deinem Gang erkannt. Du läufst und schaukelst noch wie vor 70 Jahren." Er lächelte, drehte sich um und verließ den Raum. Jumbo dachte: Es ist schön zu wissen, dass es noch andere von der uralten Garde gibt.

Die Räuberbande

Er war das mittlere von fünf Kindern und körperlich nicht sehr groß. Aber man sah ihm an, dass er, wenn es notwendig war, übernatürliche Kräfte entwickeln konnte. Er hieß Helmut und hatte wie viele andere Kinder keinen Vater mehr, nur noch eine Mutter und immer Hunger, weil es auf Lebensmittelkarten nicht viel zu kaufen gab.

Eines Tages, es war kurz nach Kriegsende, traf er rein zufällig Fritze. Wie sein richtiger Name lautete, wusste keiner. Fritze kam aus einer nationalsozialistischen Erziehungsanstalt, wo die Nazis gestrauchelte Jugendliche durch Härte umerziehen wollten, um sie zu überzeugten Nationalsozialisten zu machen. Man munkelte damals, er hätte am Anfang des Krieges in einer Flakstellung einen Karabiner geklaut und damit aus Versehen einen Flaksoldaten erschossen. Deshalb wurde er in diese Anstalt eingewiesen. Die Russen hatten ihn und die anderen Mitinsassen befreit. Nun war er ohne festen Wohnsitz hier bei uns gelandet. In der langen Zeit im Straflager entwickelte er eine Überlebensstrategie, die ihm jetzt zur Hilfe kam. Er gründete eine Klauerbande, die alles mitgehen ließ, was essbar war und was man auf dem Schwarzmarkt zu Geld machen konnte.

Diesen Fritze traf der Unschuldsengel Helmut und fragte, ob er bei ihm mitmachen könnte. Fritze überlegte einen Moment und sagte: „Du musst erst eine Probe bestehen, weil du noch so klein bist. Dann sage ich dir, ob du mitmachen kannst oder nicht! Komm' heute Abend um 19 Uhr zum Goldenen Stern, da musst du von der Bahn Kohlen klauen. Wenn du es schaffst, bist du angenommen."

Helmut war pünktlich am vereinbarten Ort. Er hatte ein paar selbst genähte Beutel seiner Mutter und einen Fahrradanhänger dabei. Der Anhänger war Marke Eigenbau, mit ganz kleinen Flugzeugspornrädern, die er sich vom Schrottplatz von abgeschossenen Flugzeugen vor langer Zeit schon besorgt hatte. Weil die Räder so klein waren, war der Hänger mit seiner geraden Achse auch sehr niedrig und wurde deshalb von ihm liebevoll Dammrutscher genannt. Fritze meinte: „Da bin ich jetzt aber gespannt auf deinen Trick!" Alle waren ganz ruhig, keiner sagte ein Wort. Man hörte nur die Wachposten auf der anderen Seite vom großen Kohlenhaufen reden. Helmut holte eine Beißzange aus der Tasche und löste unten an den Zaunpfählen die Befestigung vom Zaun, sodass man den Maschendraht geräuschlos etwas anheben und den Fahrradanhänger ganz leicht durchschieben konnte. Die Wächter auf der anderen Seite vom Kohlenhaufen bemerkten nichts. Helmut machte alle mitgebrachten Beutel voll Kohlen, kroch zuerst unter dem Zaun wieder durch, zog dann den Hänger nach, hakte den Zaun wieder an den Pfählen ein, sodass man auch bei Tageslicht keine Öffnung am Zaun erkennen konnte. Fritze sagte zu ihm: „Bestanden, besser noch, als ich dachte. So viele Kohlen auf einmal, ohne bemerkt zu werden, das hat noch keiner von uns geschafft!"

Ein paar Tage später kam Helmut zufällig an einer Außenstelle vom Russenmagazin vorbei, von dem er wusste, dass hier nur Lebensmittel gelagert wurden. Das Eingangstor stand offen. Er brauchte nicht lange zu warten, da kam ein LKW mit amerikanischem Weizenmehl. Als der Fahrer die Seitenklappe öffnete, fiel ein Sack Mehl in den Dreck. Den Fahrer störte das nicht, er drehte sich um und ging in die Halle. Helmut kam wie ein Blitz aus seinem Versteck, lief zu dem LKW, zog mit aller Kraft, die er hatte, den Mehlsack unter den LKW durch und versteckte ihn in einem Busch. Dann lief er zu Fritze nach Hause und erzählte ihm, was er eben geklaut hatte. „Du kleiner Kerl", meinte Fritze, „hast einen Sack Mehl geklaut! Komm', den müssen wir uns holen." Als sie zu dem Busch kamen, fanden sie nur noch die Schleifspuren vom Mehlsack. Der Sack selber war weg. „Dich muss einer beobachtet haben, wie du den Sack geklaut hast. Als du dann weg warst, um mich zu holen, hat der oder die den Sack wieder geklaut. Wahrscheinlich bäckt er sich jetzt frische Schrippen, hmm, und Schmalz drauf und noch eine dicke Scheibe Jagdwurst oben drauf und dann noch einen süßen Kaffee dazu, hmm, oh."

„Du kannst doch vielleicht spinnen. Mir läuft das Wasser im Mund zusammen, dabei knurrt mir der Magen so laut, dass musst du doch schon hören", meinte Helmut. „Trotzdem, Helmut, finde ich es gut, dass du zu mir gekommen bist und mit mir teilen wolltest. Natürlich auf meine Weise, du fünf Teile und ich einen." Ja, so war Fritze. Er teilte immer nach der Anzahl der Kinder, wenn sie nach einem Raubzug die Beute verteilten.

Inzwischen waren sie bei Fritze am Haus angekommen. „Warte mal einen Augenblick, ich komme gleich wieder", sagte Fritze zu Helmut. Es dauerte nur kurze Zeit, da kam Fritze mit einem großen Beutel Kartoffeln und einem Stück Speck zurück. „Einen schönen Gruß von mir an deine Mutter, die soll euch fünf Gören mal eine richtige Portion Bratkartoffeln mit Speck machen, damit ihr für einen Moment mal den Hunger vergesst."

Die Jahre vergingen. Die von den Russen benötigten Magazine wurden nach und nach aufgelöst. Die Räuberbande löste sich auch auf, weil es bei den Russen nichts mehr zum Klauen gab. Die Jungen schwenkten um und taten jetzt, was die anderen schon jahrelang machten: Ähren sammeln und Kartoffeln stoppeln, um sich zusätzliche Nahrung zu beschaffen. Wenn Helmut mit seinen Geschwistern auf Sammeltour war, hatte er immer das Meiste im Korb, ob das nun Ähren, Kartoffeln oder Blaubeeren waren. Auch beim Stubben buddeln – Holz für den Winter – war er immer der Beste.

Helmut liebte auch das Zusammensein mit Gleichaltrigen und schloss sich deshalb einer Sportgemeinschaft an. Er wurde ein sehr guter Fußballspieler, war beliebt und stadtbekannt. Aber durch eine schwere Verletzung am Fuß musste er leider das Fußballspielen in jungen Jahren wieder aufgeben.

Fritze wurde in seinem späteren Leben Busfahrer. Auch da konnte er sein soziales Verhalten nicht ablegen, denn immer, wenn einer aus seiner früheren Bande in den Bus stieg, ließ er ihn kostenlos mitfahren.

Auch die nicht genannten Bandenmitglieder sind alle zuverlässige Menschen unserer Gesellschaft geworden. Nur Hungern möchte keiner mehr in seinem Leben.

Die Vergewaltigung

Es war am 23. April 1945, als die „Rote Armee" meine Heimatstadt ohne großes Kriegsgetöse einnehmen konnte. Am 24.
April morgens um 6:00 Uhr wurden wir von deutschen Bomben ausgebombt. Ergebnis: 30 Tote und viele Verletzte. Wie
sich Jahre später erst herausstellte, waren meine Verletzungen
doch viel schlimmer, als wir damals angenommen hatten.
Unser Haus stand zwar noch, aber es war nicht mehr bewohn-
bar. Wir, mein Vater und ich, mussten uns einen neuen Keller
suchen, wo wir weiter übernachten konnten. Wir wohnten damals nicht weit entfernt von einer Kreuzung, wo sich zwei
Hauptstraßen trafen. (Die Bomben, die bei uns fielen, galten
wahrscheinlich der Straßenkreuzung, die von der „Roten Armee" als Vormarschstraße benutzt wurde.)
Von den vier Seiten der Straßenkreuzung waren drei bebaut.
Auf der vierten Seite war eine kleine Grünfläche angelegt. Darauf war ein Erdbunker mit Schießscharten errichtet, sodass man
die anderen drei Seiten voll einsehen konnte. Wir wechselten
die Straßenseite, um nicht direkt am Bunker vorbei zu müssen,
weil vor dem Bunker Rotarmisten, mit MPs bewaffnet, Wache
standen. Vor uns liefen zwei junge Mädels, die vielleicht so alt
waren wie ich – ca. 14 bis 15 Jahre alt. Sie haben die Straßenseite nicht gewechselt, weil sie die Gefahr nicht ahnten, und gingen weiter. Kaum am Bunker angekommen, wurden sie von
zwei Rotarmisten in den Bunker gezerrt. Ihre Hilfeschreie, die
so laut und jämmerlich klangen, habe ich noch heute im Ohr.
Spontan sagte ich zu meinem Vater: „Komm', wir müssen helfen", und wollte losstürmen.
„Bleibst du hier!", antwortete mein Vater in einem Befehlston,
den ich kannte, „den armen Mädels kann niemand helfen, nicht
einmal der Herrgott."

Was muss in meinem Vater vorgegangen sein, der immer brav seine Kirchensteuer bezahlte, nie über Gott sprach, aber es plötzlich doch tat?

Wir kamen unbeschadet an dem Bunker vorbei, weil die Rotarmisten, die noch draußen standen, durch die Schießscharten zuschauten, was die anderen im Bunker mit den Mädels machten, und grölten.

Damals schwor ich mir, immer unschuldigen Mädels zu helfen, die in Not sind, ganz gleich, wo auch immer es geschieht.

Zehn Jahre später, ich war inzwischen schon 25 Jahre alt geworden, kam ich mit meinem besten Freund mitten in der Nacht von einer Tanzveranstaltung nach Hause. Wir mussten an einem Grundstück vorbei, wo das Haus direkt am Gehweg stand und der Hof gleich neben dem Haus begann. Der Hof erstreckte sich bis weit hinter das Haus. Die Hofpforte stand offen. Plötzlich hörten wir einen unterdrückten Hilferuf. Das war so ein Geräusch, als ob jemandem, der um Hilfe schreien will, der Mund zugehalten wird. Wir beide überlegten nicht lange und gingen diesem Geräusch nach. Ganz hinten in der letzten Ecke, unter dem Dach einer leer stehenden Wagenremise, stand eine Traube von jungen Männern, die alle in die Remise schauten. Plötzlich hörten wir einen leisen Hilferuf und gleich danach eine Männerstimme: „Halt die Schnauze, sonst kriegst du noch eine drauf!" Das war zu viel für uns. Wir wussten jetzt Bescheid: Da wird einem Mädel etwas angetan. Die Jungen waren alle so begeistert vom Zuschauen, dass sie uns gar nicht bemerkten. Dem Letzten, welcher jetzt der Erste war, klopfte ich auf die Schulter — er drehte sich um. Ein Faustschlag von mir genügte und er sank zu Boden. Mein Freund fing ihn auf, damit er sich beim Fallen nicht verletzte. Mit dem Vorletzten machten wir es genauso. Bei dem Dritten schmerzte mir schon leicht das Handgelenk. Aber wir brauchten nicht weiter eingreifen, denn die anderen bemerkten uns und nahmen Reißaus. Nur der Eine, der das Mädel missbrauchte, bemerkte uns nicht. Mit meiner ganzen Kraft, die ich besaß, riss ich ihn von dem Mädel herunter und versetzte seinem steifen Glied mit der Handkante einen Schlag, dass er stöhnend zusammenbrach. (Schade, dass ich nicht zwei Mauerziegeln gefunden hatte, da wäre die Wirkung noch besser gewesen.)

Wir ließen die vier Burschen einfach liegen, es war ja Sommer. Nicht einmal ihre Namen merkten wir uns, denn ich wusste, die vier vergewaltigen kein Mädel mehr in ihrem Leben. Mein Freund und ich brachten das völlig erschöpfte Mädel nach Hause. Wir brachten sie, weil sie allein wohnte, sogar ins Bett. Ich habe nie wieder in meinem Leben ein Mädchen so dankbar lächeln sehen, wie in dieser Nacht.

Ein Engel in Uniform

Ich möchte eine Geschichte von einem Volkspolizisten erzählen, die es auch in der DDR gab. Sie beginnt im Kriegsjahr 1943.

Alle nannten ihn nur Richard. Weil er sich bei einem Unfall so verletzte, dass er das eine Bein beim Laufen nachziehen musste, wurde er nicht KV, also kriegsverwendungsfähig, geschrieben. Er war alleinstehend, hatte aber einen Freund, der eine Familie mit fünf Kindern hatte. Dieser Freund, mit seinen fünf Kindern, hatte aber nur eine 1-Zimmer-Dachwohnung und keine Aussicht, eine größere zu bekommen, denn es war Krieg und jede Nacht wurde durch die feindlichen Bomber der allgemeine Wohnraum noch mehr reduziert als schon vorhanden war. Sein Freund stellte aber trotzdem immer wieder einen Antrag auf größeren Wohnraum. Eines Tages bekam er die Antwort: „Werde Parteigenosse, dann bekommst du eine größere Wohnung und die Garantie, nicht an die Front zu kommen." Er bekam die größere Wohnung und das Versprechen, nicht Soldat zu werden. Richard, der der roten Farbe mehr zugetan war, als der Farbe braun, verurteilte seinen Freund nicht, weil er ihn gut kannte. Er sagte nur: „Der Krieg ist sowieso bald vorbei, aber du hast dann mit deiner Familie eine größere Wohnung und nur das zählt."

Als das Inferno im Mai 1945 endlich zu Ende war, erinnerte man sich daran, dass Richard vor 1933 einmal der roten Farbe zugetan war. Er wurde Hilfspolizist. Sein Freund musste sich dann im Sommer 1945 mit vielen anderen NS-Parteigenossen auf der russischen Kommandantur melden. Er verabschiedete sich von seiner Frau, seinem Freund und seinen Kindern mit den Worten: „Ich habe ja nichts getan, ich komme gleich wieder." Er kam nie wieder zurück. Er starb im KZ Sachsenhausen, nur weil er für seine Familie eine größere Wohnung haben wollte. Er ließ eine Mutter mit fünf kleinen Kindern ohne Einkommen zurück. Das Elend war groß. Doch sie hatten einen zuverlässigen Freund, der Richard hieß. Er bezahlte die Miete für die Wohnung und gab ihr Geld, sodass sie wenigstens das bisschen, was es für die Lebensmittelkarten gab, kaufen konnten. Er hatte ja auch nicht viel und als Hilfspolizist verdiente er kein Vermögen. Aber er fühlte sich verpflichtet, der Familie seines Freundes zu helfen.

Die Zeit verging. Aus dem Hilfspolizisten mit der roten Armbinde wurde ein Polizeimeister mit dunkelblauer Uniform, die später die Farbe Grün bekam. Weil er beim Laufen das eine Bein nachzog, war er für den Außendienst nicht geeignet und deshalb nur innendiensttauglich. So wurde er eines Tages als Schließer ins Zuchthaus Brandenburg abkommandiert. Von dort musste er auch in anderen Haftanstalten bis zu seinem Rentenalter Dienst tun. Kurz vor seiner Entlassung ins Rentenalter traf ich ihn einmal, an seinem dienstfreien Tag, in seiner Lieblingskneipe, bei „Erwin an der Ecke". Er saß allein an einem Zweimanntisch unweit vom Tresen. Ich setzte mich zu ihm an seinen Tisch und wir kamen ins Gespräch. Kaum dass ich saß, standen zwei Bier und zwei Weinbrand auf unserem Tisch. Ich schaute Erwin, den Wirt, an. Der sagte nur: „Das hat alles seine Richtigkeit!" Wir unterhielten uns lange und über alles. Wir kamen über Fußball vom Hundertstel ins Tausendstel. Jedes Mal, wenn unsere Gläser leer waren, obwohl wir nichts bestellt hatten, servierte Erwin zwei Bier und zwei Weinbrand und sagte nur, wenn wir verdutzt schauten: „Es hat alles seine Richtigkeit" So ging es den ganzen Abend und immer wieder sagte Erwin, der Wirt: „Es hat alles seine Richtigkeit!" Dann musste ich mal die Toilette aufsuchen. Als ich dort reinkam, stand schon einer da und erledigte sein Geschäft. Der war noch voller als ich, denn er musste sich schon an der Wand abstützen.

„Ich habe vom Wirt gehört, dass du ein Freund vom Meister bist", lallte er mich an.

„Du meinst den Polizeimeister da oben?", fragte ich zurück.

„Genau den meine ich."

„Wenn Erwin das so sagt, dann wird es auch so stimmen", erwiderte ich.

„Seine Freunde sind auch meine Freunde", lallte er. Und dann erzählte er mir, dass alle, die da oben an seinem Tisch sitzen, ehemalige Knackis sind und der Meister – er meinte Richard – ihr Aufseher und Schließer war. Er erzählte von den guten Taten des Meisters, von angerauchten Zigaretten, die er ablegte und vergaß weiterzurauchen, von Essbarem, dass er irgendwo liegen ließ, wenn einer Hunger hatte, oder von heimlicher Post für die Angehörigen, die er weiterleitete. Er konnte nicht genug von den guten Taten vom Meister erzählen. Plötzlich packte er mich mit beiden Händen an meinen Schultern, stützte sich auf mich und lallte: „Weißt du, wie wir ihn im Knast immer genannt haben?" Ich schüttelte den Kopf. „Den ENGEL IN UNIFORM." Und ich sah, dass er feuchte Augen dabei bekam. Ich brachte ihn dann zu seinem Tisch und begrüßte auch die anderen, die dort saßen. Ich ging weiter zu Richard hinüber, trank im Stehen den Rest aus meinem Glas und sagte: „Es ist schon spät, komm, Richard, ich bring dich nach Hause." Ein Blick zu Erwin hinter der Theke sagte mir, es ist alles bezahlt, es hat alles seine Richtigkeit, und er schaute dabei zu dem Tisch hinüber, an dem die Knackis saßen.

Als wir an der Tür standen, drehte ich mich noch einmal nach ihnen um, hob meine Hand zum Gruß und sagte ganz einfach nur zu ihnen „danke". Das Lächeln in ihren Gesichtern sagte mir, ich hatte ungewollt ein paar neue Freunde gewonnen.

Es war nur ein kurzer Weg bis zu ihm nach Hause, aber trotzdem ärmelten wir uns unter, denn Richard hatte einen mächtigen Seegang unter seinen Füßen. An der nächsten hellen Straßenlaterne hielten wir an, und ich drehte mich zu ihm um und sagte: „Lass dich mal ansehen, ich habe noch nie in die Augen von einem Engel geschaut!" Er war so blau, dass er meine Worte nicht verstand, er lächelte nur.

Zuhause bei ihm angekommen, war seine liebe Frau über seinen Zustand nicht erfreut. Aber ich sagte zu ihr, mit schwerer Zunge: „Mit einem Engel meckert man nicht."

„Ach du, du bist genauso blau, mach bloß, dass du nach Hause kommst, deine Frau wird sich bestimmt genauso freuen wie ich."

Das mit dem Engel hat sie leider nicht verstanden, weil sie nicht dabei gewesen war.

Später, als wir Richard im hohen Alter zu Grabe trugen, da wusste ich, dass ich einen guten Freund verloren hatte.

Stille Helden – über die niemand spricht

Sie stehen nie vorne im Rampenlicht. Sie stehen meistens hinten auf der Bühne des Lebens, weil man von dort den besseren Überblick vom ganzen Geschehen hat. Sie lieben auch keine Orden und Ehrenzeichen, die Lockmittel der jeweils herrschenden Klasse. Nein, diese stillen Helden, die es überall auf dieser Welt gibt, sind bescheiden und hilfsbereit. Von einem, den ich persönlich sehr gut kannte, möchte ich heute erzählen.

Freunde nannten ihn Karlchen. Sehr gute Freunde nannten ihn sogar Karlimann. Er war körperlich nicht sehr groß, aber stark wie ein Bär. Einen 2-Zentner-Sack, also 100 kg, Korn oder Mehl anzuheben, bereitete ihm keine Schwierigkeiten. Oder er wettete in der Kneipe, dass er einen Kneipentisch voller Biergläser nur mit den Zähnen anheben kann, und gewann diese Wette. Dieser junge kräftige Mann, dem man seine Stärke nicht ansah, wurde bei der Musterung von den Militärärzten ausgemustert, weil er als Kind eine Lungenentzündung hatte. Er wurde nie ein aktiver Soldat, was zu Kaisers Zeiten eine große Schande war. Nach Ausbruch des Ersten Weltkrieges wurde er aber doch eingezogen. Nach dem Krieg und der Gefangenschaft heiratete er seine Elise und zeugte mit ihr drei Kinder. Später erzählte man, dass er in den 30er-Jahren mal sturzbetrunken nach Hause kam, mit dem Parteibuch der NSDAP in der Tasche, was er erst am nächsten Tag bemerkte. Er ärgerte sich natürlich darüber, weil er sich nicht daran erinnern konnte, wer ihn zu dieser Unterschrift überredet hatte. Aber es gab kein Zurück mehr, unterschrieben war unterschrieben. Kurze Zeit später kam bei einer Vereinsfeier ein ungebetener SA-Mann in Uniform in das Lokal und störte die Veranstaltung. Nach mehrmaliger Aufforderung, nicht zu stören und die Veranstaltung zu verlassen, was er aber nicht tat, packte ihn Karlimann am Kragen und am Hosenboden und trug ihn mit gestreckten Armen durch den Saal und warf ihn aus dem Lokal. Obwohl es ein toller Kraftakt war, freute sich niemand darüber, weil alle glaubten, dass es nicht mehr lange dauern würde, bis eine Sturmabteilung der SA kommt, um den Saal zu räumen, da er die Uniform des Führers geschändet hatte. Aber es geschah nichts.

In den zurückliegenden Jahren hat sich Karlimann einen kleinen 3-Mann-Handwerksbetrieb aufgebaut, in dem er Kunststein und Terrazzofußböden herstellte. Seine Werkstatt hatte er zusammen mit noch anderen Handwerksbetrieben in einer alten stillgelegten Industriehalle bei einem jüdischen Mitbürger gemietet. Am 09. November 1938, so erzählte man sich später nach dem Krieg, kamen ihm auf dem Nachhauseweg von der Werkstatt zu seiner Wohnung sein jüdischer Werkstattvermieter, flankiert von zwei SA-Männern, mit einem großen Schild aus Pappe um den Hals, mit der Aufschrift „Ich bin ein Judenschwein", entgegen. Weil Karlimann keinen Platz machte, mussten die drei auch stehen bleiben. Er soll dem alten Herr das Schild vom Hals genommen, zerrissen und zu den SA-Männern gesagt haben: „Es ist genug." Zu seinem Werkstattvermieter sagte er: „Gehen Sie nach Hause, Herr Calm, es ist vorüber." Warum die beiden SA-Männer es damals gestatteten, wird wohl immer ein Rätsel bleiben. Oder war einer von den beiden SA-Männern der, den er vor einiger Zeit aus dem Lokal geworfen hatte? Wir werden es nie erfahren.
Gleich nach Kriegsbeginn musste Karlimann seinen Betrieb schließen. Er wurde in einem metallverarbeitenden Betrieb dienstverpflichtet, wo man 2-cm-Bordkanonen für die Luftwaffe herstellte. Obwohl er keinen blassen Schimmer von Metallverarbeitung hatte, wurde er von der Betriebsleitung in weiser Voraussicht, weil er Parteigenosse war, in diesem Berufszweig ausgebildet, um später als Maschineneinrichter in der Halle bei den KZ-Frauen tätig zu sein. Ja, auch wir hatten hier in unserer Stadt ein Arbeitslager vom Frauen-KZ Ravensbrück, in dem die Häftlinge jeden Tag zwölf Stunden und mehr arbeiten mussten. Zwölf Stunden bei wenig Nahrung sind auch für die Maschi-

neneinrichter, die keine Häftlinge waren, eine lange Arbeitszeit. Und das Tag für Tag und Jahr für Jahr. Damit keine Kontakte zwischen Häftlingen und Einrichtern entstehen konnten, wurden die Schichten oft gewechselt.

Gleich zu Beginn des Krieges wurden Lebensmittelkarten eingeführt, weil man das Horten von Lebensmitteln sofort verhindern wollte. Karlimann und seine Frau hatten seit Langem schon von der Kirche einen Morgen Land gepachtet. Ein Morgen Land sind 2500 m², was sich nicht viel anhört. Wenn man aber diese Fläche von Hand umgraben muss, merkt man erst, wie viel ein Morgen Land ist. Sie hatten also einen Grundstock, auf dem sie zusätzlich Gemüse, Kartoffeln und auch Tabakpflanzen anbauen konnten. Weil Tabakartikel wie Lebensmittel auch rationiert wurden, wurde die Fläche, die Karlimann für seine Tabakpflanzen benötigte, in den Kriegsjahren immer größer.

Im vierten Kriegsjahr, als es immer weniger Lebensmittel auf Karten gab und Karlimann wieder einmal damit beschäftigt war, Zigaretten mit seiner selbst entwickelten Maschine für den nächsten Tag zu drehen, sagte sein jüngster Sohn, der nun auch schon 14 Jahre alt war, zu ihm: „Wenn du nicht so viel rauchen würdest, könnten wir viel mehr Kartoffeln anbauen und wir hätten mehr zu essen!" Karlimann sagte kein Wort. Er drehte weiter seine Zigaretten. Aber seine Mutter antwortete ihm: „Lass bitte deinem Vater seine Zigaretten. Wer jeden Tag so lange arbeiten muss wie er, der muss auch rauchen dürfen!" Seine Mutter benutzte das Wort „bitte" und es klang wie ein Gebet, er sollte nicht mehr nachfragen.

Später, als der Krieg zu Ende war, erzählte man ihm, dass die meisten Häftlingsfrauen aus Polen waren und alle die deutsche Sprache verstanden, was sie aber nicht zugaben, weil sie Angst vor Spitzeln hatten. Aber Karlimann trickste sie aus. Ein Beispiel: Beim Einrichten einer Maschine sagte er leise vor sich hin: „Ich rauche mir jetzt eine Zigarette an, lege sie ab und gehe weg. Sie können die Zigarette hinter dem großen Fenstervorhang weiterrauchen, aber nur, wenn sie möchten." Am Anfang waren sie alle misstrauisch. Aber er versuchte es immer wieder, bis sie merkten, dass er kein Spitzel war. Mit der Zeit wuchs das Vertrauen immer mehr und deshalb brauchte er so viele Zigaretten am Tag.

Drei Tage, bevor die Rote Armee unsere Stadt einnahm, wurde das Frauenlager aufgelöst. Sie marschierten alle nachts in Richtung Norden. Das Geräusch von zig hundert Holzpantinen auf Kleinpflasterstraße hatten wir alle noch lange im Ohr. Aber ein paar Wochen nach Kriegsende trafen Karlimann und sein Sohn zwei fremde Frauen auf der Straße. Freudig begrüßten sie seinen Vater mit den Worten: „Meister, Sie hier wohnen?" Dann schauten sie zu seinem Sohn und fragten: „Meister, Ihr Sohn?" Karlimann bejahte es. Auf einmal sagte die eine Frau zu seinem Sohn: „Dein Vater, ein guter Mann. Er uns immer geholfen, wenn wir in Not waren!" Jetzt erst bemerkte sein Sohn, weil sie beide kurze Haare hatten, dass es Frauen vom KZ-Lager waren. Sie umarmten und drückten seinen Vater noch einmal, bedankten sich und gingen dann weiter. Der Sohn schaute seinen Vater an und bemerkte, dass er vor Freude feuchte Augen bekam und dachte: Zehn Sekunden Freude für jahrelange Hilfe für Menschen, die in Not waren, ist schon ein Gefühl, was man nicht beschreiben kann. In dem Moment war er sehr stolz, dass er so einen tollen Vater hatte.

Wiedervereinigung ganz privat

Als das große Inferno 1945 zu Ende war, begann erst unmerklich, dann aber mit immer größeren Schritten, auf Kosten und Schultern der entrechteten und vogelfreien Deutschen, der Kalte Krieg der Siegermächte untereinander. Ganz nach dem Motto: „Wer Deutschland besitzt, beherrscht Europa. Wer Europa beherrscht, beherrscht die Welt!"

Weil die entrechteten Deutschen kein Mitspracherecht hatten, wurde auch noch das restliche Deutschland zwischen Rhein und Oder-Neiße in Zonen aufgeteilt und später noch eine unüberwindbare Grenze gebaut. Ab dann waren die Deutschen geteilt in Ost und West. Auch die große Stadt Berlin wurde aufgeteilt und später, damit keiner die Grenze überwinden konnte, eine hohe Mauer errichtet. Es wurden nicht nur Areale und Territorien voneinander getrennt, auch menschliche Beziehungen wurden auseinandergerissen. Nicht nur Familienbande wurden zerschnitten, auch Jugenderinnerungen, die schon längst verblasst waren, wurden wieder deutlich sichtbar. Einen Baumstamm noch einmal streicheln, in den man in seiner Jugend ein Herz und zwei Buchstaben einritzte. Oder noch einmal auf einem großen alten Findling im märkischen Wald sitzen, wo man seinen ersten Kuss bekam. Die Bandbreite der Wünsche und Illusionen der Menschen war groß.

Politiker und hohe Militärs haben etwas gemeinsam: Als sie in ihrer Jugend irgendwann einmal beschlossen, Politiker oder Soldat zu werden, haben sie unbemerkt ihre Seele verkauft und das Gefühl anderen Menschen gegenüber verloren. Irgendwer hat einmal gesagt: „Ein Mensch sehnt sich nach Liebe und trachtet nach Macht, wenn aber die Macht die Liebe besiegt, dann ist er kein Mensch mehr."

Der 17. Juni 1953 zeigt den Machtbesessenen, dass die Deutschen auch manchmal unberechenbar sein können. Sie singen alle gemeinsam „Heile, heile Gänschen" mit Tränen in den Augen und im nächsten Moment singen sie stehend auf dem Tisch „Humba, humba, täteräh". Die Machthaber erkannten das und beschlossen deshalb, den Bogen nicht zu überspannen und die Daumenschrauben schrittweise zu lockern. Es war zu der Zeit nach dem Mauerbau, da durften die West-Berliner an bestimmten Grenzübergängen in den Ostteil der Stadt einreisen. Es war zu der Zeit, als die Spitzen der Kalten Krieger abgestumpft wurden. Es war zu der Zeit, als viele glaubten, dass die Welt friedlicher werden würde.

Zu dieser Zeit beschloss eine Mutter von drei Kindern aus West-Berlin, obwohl es verboten war, heimlich in die Mark Brandenburg einzureisen. Sie wollte die Städte ihrer Jugend, wo sie einst eine wunderschöne Zeit erlebt hatte, noch einmal wiedersehen. Ihre Sehnsucht stillen, weiter wollte sie nichts. Sie dachte nicht daran, was mit ihr geschehen könnte, wenn man sie erwischte. Ihr Mann und ihre Kinder flehten sie an, es nicht zu tun. Aber sie blieb dabei. „Ich muss es jetzt tun, wer weiß, was sich die da oben wieder einfallen lassen, um die Grenze erneut ganz zu schließen." Über eine Deckadresse in Ost-Berlin bekam sie die Einreisegenehmigung. Auf dem Bahnhof Friedrichstraße in Ost-Berlin wurde sie von zwei Verwandten aus der Mark Brandenburg abgeholt. In einem kurzen Gespräch wurde sie über alles Notwendige aufgeklärt, auch wie sie sich bei Gefahr zu verhalten hatte. Einer der beiden Abholer hatte die Gabe, die Stasi-Leute schon von Weitem zu riechen. Ob sie nun piekfein im schwarzen Anzug erschienen oder ungepflegt in zerrissenen Jeanshosen, er erkannte sie immer. Nun saßen sie alle drei in der S-Bahn, die stadtauswärts fuhr. Nein, es stimmt nicht. Beim Einsteigen suchten sie sich nämlich einen langen durchgehenden Wagon aus. Sie musste sich in die Mitte des Waggons setzten und die beiden Ossis verteilten sich jeweils am Ende des Abteils. Wenn also eine nicht eingeplante Kontrolle auftauchen sollte, sollte derjenige, bei dem die Kontrolle begann, diese so lange aufhalten, dass die anderen beiden ohne Kontrolle an der nächsten Haltestelle aussteigen konnten. Was man als Nonsens eigentlich abgehakt und nur als Theorie durchgespielt hatte, wurde wahr. Wo sonst nie ein Reisender in der S-Bahn kontrolliert wurde, geschah es nun doch. Auf einem Bahnhof, kurz bevor der Zug wieder anfuhr, ging die Tür auf, zwei Herren stiegen ein und im Befehlston ertönte eine Stimme: „Kontrolle, bitte die Ausweise bereithalten!" Aber sie hatten alle drei Glück. Es geschah genauso, wie sie vorausgedacht hatten: Einer konnte seinen Ausweis nicht finden und beschäftigte so die beiden Kontrolleure. Die anderen zwei konnten an der nächsten Haltestelle unbemerkt von den Kontrolleuren aussteigen. Der andere fuhr weiter bis dorthin, wo sie ihren Trabi abgestellt hatten, und dann zurück, um die beiden anderen mit dem Wagen abzuholen. Die Einreise war nun mit viel Glück gelungen und über die Ausreise dachten sie noch nicht nach, sie hatten ja einen wunderschönen Tag vor sich.

„Weißt du noch, damals beim Fleischer in der Brunnenstraße?", erzählte einer von den vielen Verwandten, die gekommen waren, um das Wiedersehen mit ihr zu feiern, „als du mir im Laden eine runtergehauen hast?" Weil keiner die Geschichte kannte, musste er sie erneut erzählen: „Die Schilder *West-Berliner kauft in der HO* waren schon lange wieder an der Grenze abgebaut. Aber die Arbeitslosen und Armen, die mit jedem Pfennig rechnen mussten und dicht an der Grenze wohnten, kauften über Mittelsmänner oder -frauen, die einen Ost-Ausweis hatten, das Notwendige zum Leben im Osten ein. Ich stand noch im Ost-Teil in der Brunnenstraße ganz hinten in einem Fleischerladen und aß eine Bockwurst. Ich aß dort immer eine Bockwurst, wenn ich in Berlin war. Da kam meine Cousine", er zeigte mit dem Finger auf die Besucherin und lächelte dabei, „mit ihrer Freundin aus dem Ost-Teil der Stadt, um mit ihrem Ost-Ausweis im Laden für sie einzukaufen. Das alles geschah dann in Stereo. Meine Cousine zeigte mit dem Finger auf die Ware, die sie haben wollte, und ihre Freundin bestellte für sie. Als sie dann bezahlen wollten, kam ich noch unerkannt von hinten aus dem Laden und sagte zu meiner Cousine mit verstellter Stimme: Machen Sie bitte kein Aufsehen, Sie sind verhaftet! Jeder Mensch hätte sich sofort umgedreht, um dem Sprecher in die Augen zu sehen. Nur meine Cousine nicht. Sie stand wie zu einer Säule erstarrt und machte gar nichts. Nach einer Weile bekam ich schon Angst, dass sie mir im Laden umfallen könnte. Doch endlich, mir kam es wie eine Ewigkeit vor, drehte sie sich um, sah mich, holte aus und haute mir eine runter, dass ich dachte, mir fällt mein Kopf ab. Ihr Gesichtsausdruck verriet, wie erschrocken sie war über ihre eigene Tat, dass wir uns im nächsten Moment beide in den Armen lagen. Die anderen haben das gar nicht mitbekommen, sie hatten sich nur gewundert, wo das laute Klatschen herkam. Es sollte ja auch kein Scherz für meine Cousine sein, wie jetzt viele glauben möchten. Es sollte mehr eine Mahnung für sie sein, wie man es nicht machen sollte, wenn sie wieder einmal mit ihrer Freundin in Stereo im Osten einkaufen geht. Ich kaufte im Osten noch schnell eine Flasche Rum und sie im Westen ein paar große Flaschen Cola und dann feierten wir bei ihr zuhause, Rum mit Cola gemischt, die Schlacht im Fleischerladen.“

Schöne Stunden vergehen halt zu schnell im Leben und so musste man schon wieder an die Rückreise denken. Da man schlechte Erfahrung mit der Kontrolle in der S-Bahn gemacht hatte, beschloss man mit dem Auto zurückzufahren. Man kannte eine kleine Kontrollstelle, wo die Posten nur eine winzige Baracke als Wetterschutz hatten und bei schlechtem Wetter die Kontrolle nicht so genau nahmen. Bei Schichtwechsel wollten sie dort ankommen, denn ein Kontrolleur, der gleich Feierabend hat, will schnell nach Hause. Sie hatten Glück. Es regnete nicht nur, es goss, was vom Himmel nur runterkommen konnte. Die Scheibenwischer haben es nicht geschafft. Sie hielten vier Ausweise an die beschlagene Trabischeibe, denn sie waren als zwei „Ehepaare“ unterwegs. Der Grenzer schaute auf die Ausweise, bat den Fahrer, bei dem schlechten Wetter langsam zu fahren, und schon hatten sie die Grenzen und Kontrollstelle passiert. Sie parkten den Trabi in einer Seitenstraße in der Nähe vom Bahnhof Friedrichstraße und brachten ihren lieben Besuch sicher wieder nach West-Berlin. Die Besucherin von damals ist nun schon über 90 Jahre alt, und wenn man sie heute fragt: „Würdest du das alles noch einmal tun, so wie damals?", dann lächelt sie und antwortet: „Immer wieder, ich hatte ja zwei tolle Beschützer!"

Lachen gehört zum Leben

Heute, 20 Jahre nach der Wiedervereinigung, gibt es immer wieder Menschen, die behaupten, dass die DDR ein großes Gefängnis war, in der man keine Luft zum Atmen bekam. Andere wiederum behaupten, dass die DDR der freiheitlichste Staat auf dieser Erde war, in dem man nach dem Motto vom alten Fritz: „Jeder soll nach seiner Fasson selig werden", leben konnte, wenn man sich nicht mit der Staatsmacht anlegte. Ich meine, keine dieser Meinungen treffen den Kern, weil das Leben in der DDR ganz anders verlief. Ich konnte zum Beispiel jedes Jahr in den Urlaub fahren, weil ich in einem großen volkseigenen Betrieb arbeitete, der in der ganzen Republik verstreut Urlauberheime errichtet hatte, die dem FDGB-Feriendienst unterstellt waren und ich in der Jahreszeit Urlaub machte, in der andere nicht wollten, zum Beispiel Ende Oktober an der Ostsee oder im April in Thüringen oder in das Erzgebirge. Ich brauchte keinen Urlaub auf Teneriffa, Mallorca oder den Malidiven. Ich fand Deutschland als Urlauberland schon immer schön.

Einmal haben wir in Altenfeld in Thüringen etwas ganz Besonderes erlebt: Wir waren wie fast immer privat untergebracht bei Leuten, die Vertragspartner unseres Heims waren, denn Heimplätze bekamen immer nur die Privilegierten. Wir wohnten damals bei einem alten Rentnerehepaar. Er war Schuhmachermeister und arbeitete immer noch ein paar Stunden am Tag. Wir hatten das Glück, dass wir alle mit frisch besohlten Schuhen nach 14 Tagen wieder nach Hause fuhren. Wie in jedem Ort, wo Urlauber untergebracht waren, gab es auch hier in Altenfeld einen Begrüßungsabend, ein Bergfest und einen Abschiedsabend mit Trubel und Tanz. Aber unser Wirt, der Schuhmachermeister Herr Schmidt, meinte, wir bräuchten dort gar nicht erst hingehen, da wäre nie etwas los. „Aber wenn Sie möchten, können Sie ruhig hingehen, wir passen auf Ihre kleine Tochter auf, wenn Sie nicht im Hause sind." Und so kam es dann auch. Weil wir wussten, dass unsere Tochter gut gehütet war, standen wir pünktlich um 8:00 Uhr vor der Gaststätte mit dem großen Saal. Aber was war das? Der große Saal stand zwar noch, aber die dazu gehörige Gaststätte war abgerissen. Der Verantwortliche vom FDGB-Feriendienst beruhigte uns und meinte, wir könnten ruhig eintreten, es sei alles vorhanden. Von Weinbrandbohnen, über Weinbrand, Bier, Wein und Sekt, es fehle an nichts. Der Eingang hatte nur eine Stufe und schon waren wir im Saal. Donnerwetter, dachte ich, alles war sehr gepflegt und sauber, doch, hier konnte man schon richtig feiern. Es gab Essen, zu trinken, alles war reichlich – nur die Veranstaltung begann nicht. Vor Ärger schauten manche zu tief ins Glas, was sich auch durch lautes Gemurmel bemerkbar machte. Genau in diesem Moment trat der Verantwortliche vom FDG-B-Feriendienst vor den Bühnenvorhang und bat um Verständnis, dass die Veranstaltung noch nicht beginnen kann, weil der Bus mit den Musikern eine Reifenpanne hat, aber es könne nicht mehr lange dauern. Ich schaute meine Frau an, sie wusste genau, was jetzt passierte. Ich ging zum FDGB-Onkel und sagte zu ihm: „Ich mach' dir einen Vorschlag, ich unterhalte die Gäste so lange, bis die Musiker angekommen sind und die Veranstaltung beginnen kann."

„Aber keine schweinischen Witze, sonst muss ich die Polizei holen", antwortete er. Ich ging hoch zur Bühne, stellte mich vor den Vorhang wie ein Schluck Wasser und mit einem Gesichtsausdruck wie Männekin doof. Die, die gleich unter der Bühne saßen, bemerkten mich zuerst. Dann rief einer ganz laut: „Ruhe bitte!" Aber es dauerte noch einen kleinen Moment, bis der Saal vollkommen ruhig war, dann schritten sogar die Ober auf Zehenspitzen durch den Saal, man konnte fast eine Stecknadel fallen hören. Genau in dem Moment sagte ich mit verblödeter verstellter Stimme, ganz langsam und gedehnt: „Liebe Menschen, liebe weibliche Tauben und Leidensbrüder. Die Welt ist weit und groß und schön, schön ist sie aber erst, wenn man be-

soffen ist, prost!" Prost, das war das richtige Wort für den heutigen Abend und alle sangen: „Ein Prosit, ein Prosit der Gemüt-
lichkeit!" Als der Gesang zu Ende war und sich alle wieder be-
ruhigt hatten, sagte ich weiter (ich stand noch immer wie ein
Schluck Wasser auf der Bühne): „Heinrich, der Verschleimte, es
kann auch Max Schmeling gewesen sein, sagte einmal: Was
nützt dem Menschen großer Geist, wenn er im Bett sitzt und
schwitzt." So ging das dann immer weiter. Zum Beispiel: „Mein
Vater ist auch so ein ordentlicher Mensch wie ihr. Neulich kam
er wieder einmal mit so einem ondulierten Gang nach Hause
und auf einmal merkte er, dass ihm das Essen aus dem Gesicht
fallen will, er raus auf den Balkon, und als er so dabei war, sein
Kochgeschirr so richtig auszuleeren, rief einer von unten: He,
Sie Schwein, können Sie das nicht woanders machen? Mein Vater rief zurück: Sag' mal, Kleiner, wie kommst du denn in meinen Eimer?" Und wieder lachte der ganze Saal mit Vergnügen.
So ging das über eine Stunde lang. Aber ich merkte, dass die
Musiker angekommen waren. Plötzlich schoss ein Arm durch
den Vorhangschlitz und zog mich von der Bühne. Ein Schrei
der Empörung ging durch den Saal. „Siehst du", sagte ich zu
dem FDGB-Menschen, der mich von der Bühne zog, „das haste nun davon, du hast keine Ahnung, wie man mit Menschen
umgehen muss. Ich gehe jetzt noch mal da raus und bringe das
alles zum Abschluss. Wenn meine Pointe mit dem Salzkammer-
gut kommt, geht der Vorhang auf und die Kapelle fängt an zu
spielen." Es klappte alles wie eingeübt. Immer, wenn die Musik
aufhörte zu spielen und die Tanzpaare alle wieder saßen, stimmte einer ein Lied an und der ganze Saal sang mit. So ging es den
ganzen Abend. Es herrschte eine Hochstimmung im Saal, wie
ich sie noch nie in meinem Leben erlebt hatte. Aber dann war
das Bier alle. Wein gab es auch nicht mehr. Auch Weinbrand
fehlte, sogar die Weinbrandbohnen waren alle schon vernascht.
Keiner schaute auf die Uhr. Es war spät geworden. Die Kapelle
saß schon lang wieder im Bus Richtung Heimat. Aber die Urlauber im Saal sangen immer noch: „Nach Hause gehen wir
nicht." Eine innere Stimme sagte zu mir: Geh mal raus an die

frische Luft. Draußen stand ein Polizeioffizier der Bereitschaftspolizei. Ich fragte ihn, was er wollte. Er antwortete mir: „Ich habe mit meinen Leuten den Auftrag, den Saal zu räumen, damit wieder Ruhe einkehrt." Ich machte dem Offizier folgenden Vorschlag: „Sie machen sich jetzt mit ihren Leuten unsichtbar und ich sorge dafür, dass die Urlauber friedlich nach Hause gehen." Ich ging dann wieder zurück in den Saal und blieb mitten auf der Tanzfläche stehen, hob meinen rechten Arm und es wirkte wie ein Befehl. Es dauerte nur einen Moment und der Gesang verstummte. „Leute", sagte ich laut und deutlich, damit es jeder hören konnte, „wir haben alles verzehrt, was der Wirt uns angeboten hat. Schaut mal auf die Uhr, es ist schon sehr spät. Ich mache euch folgenden Vorschlag: Wir gehen jetzt alle leise und gesittet nach Hause. Morgen um 10 Uhr treffen wir uns alle wieder auf dem Marktplatz und suchen uns eine andere offene Kneipe und machen weiter, bis die Schwarte kracht." Es klappte. In kurzer Zeit war der Saal leer und die Meute ging ganz leise nach Hause.

Am nächsten Morgen um 8 Uhr betraten wir, meine Frau, meine Tochter und ich, den Speiseraum. Ein donnernder Applaus erschallte für den schönen gestrigen Abend. Nur zwei alte Damen, die ihre Urlaubsreise vom FDGB geschenkt bekommen hatten, waren traurig. „Omis, seid doch nicht traurig", sagte ich, „um 10 Uhr treffen wir uns alle wieder auf dem Marktplatz und machen dann weiter, wo wir gestern Abend aufgehört haben." Aber um 10 Uhr kamen leider nur ein paar Urlauber, die anderen lagen bestimmt alle noch auf Eis. Wir ärmelten die beiden Omas unter und zogen in Richtung Ortseingang ins Tal. Dort angekommen sagte der Wirt, dessen Lokal auch eine FDGB-Vertragsgaststätte war, der Urlauber zu versorgen hatte,: „Es tut mir leid, ich kann nichts für euch tun. Keine Leute, keine Leute. Es muss alles noch abgeräumt, abgewaschen und die Tische neu eingedeckt werden."

„Kein Problem", antwortete ich. Die einen haben das Geschirr abgeräumt, wieder andere haben abgewaschen, die nächsten haben das saubere Geschirr auf den Beistelltischen neben den

Tresen gestellt, der Rest hat die Tische zu einer langen Tafel zusammengeschoben, und im Nu war alles geschafft. Als wir dann gemeinsam an der langen Tafel saßen, sagte ich zum Wirt: „Die erste Lage geht auf mich. Für jeden ein Bier und einen Bockauer."

Bockauer war ein Kräuterlikör von einer ganz kleinen privaten Firma, die diesen nach einem alten Familienrezept herstellte. Er schmeckte köstlich. Kaum waren die Gläser leer, bestellte mein Nebenmann wieder eine Lage und so ging es Schlag auf Schlag die Reihe um. Der Wirt setzte sich zeitweilig ans Klavier und spielte herrliche Stimmungslieder zum Mitsingen. Wir wollten eigentlich die beiden Omas bei den Lagen ausklammern, aber sie bestanden darauf, die restlichen Lagen zu bezahlen. Ich sträubte mich, dieses Geschenk, es war ja nicht billig, anzunehmen, denn wir hatten dem Wirt einen unverhofften Umsatz gebracht. Aber eine von den beiden alten Damen stand auf, kam zu mir herüber, umarmte und drückte mich ganz doll und sagte, sodass es jeder hören konnte: „Das hier ist der schönste Tag in meinem Leben." Sie hatte feuchte Augen dabei. Ich schaute ihr genau ins Gesicht und fragte mich: Was müssen diese Augen schon alles gesehen haben, wenn das hier der schönste Tag in ihrem Leben ist? Der Wirt mahnte uns, Schluss zu machen, denn er musste ja noch alles zum Mittagessen eindecken.

Am nächsten Tag erzählte uns unser Hauswirt, Herr Schmidt, dass man im Dorf erzähle, hier sei ein Berliner im Urlaub, der so verrückt sein soll, dass er es fast geschafft hat, den großen Saal von der Dorfkneipe auch noch zum Einsturz zu bringen. So toll haben die Urlauber dort gefeiert. Er grinste mich ganz hämisch an und sagte: „Ein Glück, dass Sie aus Velten komm' und keen Berlina sind, wa?"

Unser Trabi hieß Robbi

Ich hatte meinen heliotrop-farbenen Trabi, mit noch nicht synchronisiertem Getriebe (Baujahr 1960), schon ein paar Jahre, als mir bei der Heimreise aus dem Urlaub auf der Autobahn der Keilriemen riss. Die Defekthexe meinte es aber gut mit mir. Ich konnte gerade so mit letzter Kraft auf einen Parkplatz rollen. Kaum dass ich die Motorhaube geöffnet hatte, hielt ein LKW ganz dicht hinter uns. Sie müssen auf der Autobahn mein Missgeschick mit dem Keilriemen bemerkt haben und grinsten mich durch ihre Windschutzscheibe hämisch an. Nach dem Motto: „Nun zeig' mal, was du kannst." Für einen, der noch nie einen Keilriemen beim Trabi gewechselt hat, war das schon eine kleine Wissenschaft für sich. Ich hatte gerade meinen Ersatzkeilriemen aus dem Kofferraum genommen, da hielt ein anderer Trabi genau neben mir. Ein Herr mit dunklem Anzug, weißem Hemd und Binder stieg aus und fragte: „Kann ich helfen?" Ich zeigte ihm den Keilriemen. „Kein Problem, ich mach' Ihnen das!" Ich antwortete, dass ich das auch selbst machen könnte, aber er ließ nicht locker. Er zog sich die Jacke und sein weißes Hemd aus und baute mir den Keilriemen ein. Jetzt grinste ich, so dreckig, wie man nur grinsen kann, die beiden LKW-Fahrer an, sie starteten und fuhren wutentbrannt von dannen. Mein Helfer, der das bemerkte, lächelte und sagte: „Wir Trabi-Fahrer halten zusammen, wir sind doch eine große Familie."

Der Lottogewinn

Spielen Sie Lotto oder andere Glücksspiele?

Ich spielte schon jahrelang Lotto und hatte noch nie etwas gewonnen. Aber einer meiner Arbeitskollegen prahlte jede Woche mit einem Gewinn. Keine großen Summen, aber am Ende des Jahres hatte er immer ein Plus vor dem Komma stehen. Wir anderen Kollegen waren nicht neidisch über so viel Glück, wenn er nur nicht auf eine so miese Art mit seinen Gewinnen geprotzt hätte ...

Eines Tages, um ihm einen Denkzettel zu verpassen, machte ich Folgendes: Ich besorgte mir einen Blankolottoschein, wartete die gezogenen Gewinnzahlen ab und trug auf dem ungültigen Schein einen Dreier-, einen Vierer- und Sechser-Gewinn ein. Ich löste von meinem gültigen Schein, worauf ich nichts gewonnen hatte, die Banderolennummer ab und klebte sie auf meinen ungültigen Schein mit den vielen Gewinnen.

Am Montag zur Frühstückspause hatte, wie jeden Montag, der Glückspilz die Zeitung mit den Lottozahlen in Beschlag. Ich fragte: „Kann ich mal die Zeitung für einen Moment haben? Ich möchte die Lottozahlen vergleichen."

„Du hast doch sowieso nicht gewonnen!", bekam ich als Antwort. Ich warf ihm den falschen Lottoschein über den Schreibtisch und sagte: „Schau doch wenigstens mal nach!" Ohne große Eile verglich er die Zahlen. „Donnerwetter", sagte er nach einer Weile, „du hast heute mal was gewonnen. Du hast einen Dreier!" Beim nächsten Tipp mit dem Vierer sagte er gar nichts mehr und beim letzten Tipp mit den sechs Richtigen wurde er ganz unruhig. Er murmelte nur immer: „Das gibt's doch nicht!" Plötzlich sprang er auf, riss die Bürotür auf und schrie in den langen Gang, „Atze hat einen Sechser im Lotto!" Überall gingen die Türen auf und alle fragten: „Wat hat Atze?" Plötzlich war ich der Mittelpunkt der Welt und meine Kollegen alle ganz besorgt. „So, Atze, jetzt setz dich bitte erst mal hin. Ganz ruhig bleiben. Wir müssen jetzt überlegen, was zu tun ist." Der Glückspilz, der fast jede Woche einen kleinen Gewinn hatte, sagte: „Der Gewinn muss erst einmal angemeldet werden."

„Das mache ich", sagte ich.

„Gut", gab der Glückspilz zurück, „dann hast du auch gleich die Information, wie es weitergehen soll."

„Also gut, ich sage euch dann Bescheid."

„Nee, nee", widersprach der Glückspilz, „wir kommen natürlich mit, damit dir unterwegs nichts passiert, man kann ja nie wissen."

Am Abend zuvor hatte ich mir schon in weiser Voraussicht einen Zettel geschrieben, auf dem stand: „Liebe Frau Tielemann, es ist nur ein Scherz. Bitte spielen Sie mit, ich habe natürlich nicht im Lotto gewonnen! Danke!" Die Lottofrau, Frau Tielemann, kannte ich gut, weil ihre Söhne bei uns im Verein Handball spielten.

Die ganze Meute ging nun also hinter mir her. Die Lottoannahmestelle war im Hauptgebäude der Post an einem besonders gekennzeichneten Schalter untergebracht. Und Gott sei Dank, Frau Tielemann hatte Dienst. Ich schob ihr schnell meinen Schmierzettel durch die Schalteröffnung, damit sie ihn schon lesen konnte. Dann tat ich so, als ob ich meinen Lottoschein suchte. Der Glückspilz zeigte mit den Händen auf die Innentasche der Jacke, und schon hatte ich den Schein gefunden. Ich bedankte mich mit einem freundlichen Blick beim Glückspilz. Er strahlte, weil er mir helfen konnte. Ich schob den Schein durch die Schalteröffnung und sagte zu Frau Tielemann: „Ich habe einen Sechser, was muss ich denn jetzt tun?" Frau Tielemann schaute sich den Lottoschein ganz genau an, viel genauer als sonst, weil sie die Meute im Vorraum hatte stehen sehen. Zu mir sagte sie, so laut, dass es jeder hören konnte: „Ich habe mir das alles notiert und leite die Unterlagen weiter zur Bezirksleitung. Sie kriegen dann von dort Bescheid, wie es weitergeht."

Sie gab mir den falschen Lottoschein zurück und lächelte dabei. Ich bedankte mich bei ihr und lächelte zurück.

Draußen auf der Straße umringte die Meute ein Taxi. Der Taximann öffnete die Wagentür und sagte zu mir: „Steigen Sie bitte ein, ich fahre Sie bis ans Ende der Welt, natürlich kostenlos!" „Ich möchte aber nur bis zu meinem Büro", antwortete ich. „Na gut", gab der Taximann zurück, „dann sind es eben nur 200 Meter."

Die nächsten zwei Tage, bis zur Veröffentlichung der Gewinnquoten, wurde ich von allen Kollegen wie ein rohes Ei behandelt. Aber dann, an dem Tag, wo die Quoten feststanden, kam der Glückspilz mit der Zeitung in der Hand zur Arbeit. Im Nu wussten alle Kollegen, dass ich 65.000 Mark gewonnen hatte. Ich sollte natürlich gleich einen ausgeben, was ich aber sofort ablehnte. „Erst muss ich das Geld haben, dann gebe ich einen aus", sagte ich. Alle waren damit einverstanden, nur der Glückspilz nicht. Er sagte immer wieder: „Das ist doch nicht normal, da gewinnt einer 65.000 Mark und bleibt ganz ruhig dabei."

„Ja", sagte ein anderer, „es gibt noch Menschen, die nicht so geldgierig sind wie du."

Der Glückspilz wurde richtig böse und sagte zu mir: „Zeig mir bitte noch mal den Lottoschein!" Ich gab ihm den Schein, denn ich wollte ja, dass der ganze Schwindel bald aufhört. Nach einer Weile stand er auf, kam zu mir herüber, gab mir die Hand und sagte ganz hochachtungsvoll zu allen Anwesenden: „Hier steht der größte Täuscher aller Zeiten. Er hat uns alle verarscht, er hat gar nicht im Lotto gewonnen. Diesem Schein hier", er hielt den falschen Lottoschein in die Höhe, „fehlt der Wochenstempel und ohne Wochenstempel ist er ungültig!" Ich sagte zum Glückspilz: „Ich wusste schon immer, dass du ein Scharnier bist. Wenn du nun aber ein Genie sein würdest, dann wärst du viel früher darauf gekommen!" Alle Kollegen applaudierten und fanden, dass es ein toller und gelungener Scherz war.

Zehn Jahre später traf ich vor einer Kneipe einen alten Kumpel, mit dem ich als Jugendlicher tolle Dinge gedreht hatte.

„Das trifft sich gut", sagte er zu mir, „du hast noch eine Lage bei mir offen!"

„Was für eine Lage?", fragte ich zurück.

„Na, die von deinem Lottogewinn!"

Bei einem Glas Bier wollte ich ihn aufklären, dass ich damals gar nicht gewonnen hatte, aber ich kam nicht dazu. Er berichtete mir, was damals in unserer Stadt geschah: „Die Leute erzählten, du hättest gar nicht im Lotto gewonnen, sonst hättest du dir ein Auto gekauft oder ein Haus gebaut."

„Ja, das stimmt!", sagte ich zu ihm.

„Ich glaube dir kein Wort", antwortete er, „da glaube ich lieber die andere Variante, die die Leute erzählten. Aber nur, weil ich dich gut kenne."

„Was erzählten denn die Menschen über mich?"

„Weil du noch nie scharf auf ein eigenes Haus warst, sollst du den ganzen Gewinn an Arme und Bedürftige verteilt und deshalb kein Geld mehr haben. Deshalb bezahle ich heute auch die Lage Bier."

„Gut", sagte ich, „die nächste Lage geht aber auf mich."

Ich lächelte und dachte: So schätzen mich dich die Menschen also ein, wenn ich wirklich mal im Lotto gewinnen sollte. Laut sagte ich zu ihm: „So ist es mit einem Lottogewinn, wie gewonnen, so zerronnen!"

Frieden – ein Meisterstück

Auch ich bin hier in diesem Land geboren,
mit 14 Jahren auf den Führer eingeschworen,
dann dazu auserkoren,
mit einer Panzerfaust und einem Gewehr
und 30 Schuss, wir hatten nicht mehr,
wie einst Joachim Hans von Ziethen, Husarengeneral,
dem Feind bis zum Endsieg die Stirne bieten,
genau so war es einmal.

Von 30 Jungen aus der Klasse waren wir sieben,
die am Ende noch am Leben blieben.
Nun weiß die Welt, warum wir Deutschen in Massen
für immer und ewig Kriege hassen.
Die Schuldigen aber konnten damals noch fliehen,
um im Westen wieder aufzublühen.
Die Kleinen aber, die nichts gemacht,
die hat man im Lager einfach umgebracht.
„Nie wieder Krieg", riefen damals die Sieger
und sangen weiter ihre Kriegerlieder.
Frieden gab es bis heute an keinem Tag,
obwohl es in Deutschland keine Waffen mehr gab.
Und trotzdem zeigen sie immer wieder
mit dem Finger auf uns hernieder.

Unsere Enkel und Urenkel können das nicht verstehen,
sie sollen für etwas verantwortlich sein,
was sie noch nie gesehen.

Und Gott sei Dank haben sie auch noch nie erlebt,
wie es ist, wenn die Erde bebt.

Man fragt sich, was ist das für eine Macht,
die so was mit uns Deutschen macht?
Erst schütten sie Phosphor auf uns hernieder,
sodass keiner erkennt die Toten wieder.
Dann mussten wir hungern, jahrelang,
sodass wir waren alle gertenschlank.
Nun auf einmal fällt ihnen ein,
dass Deutsche gute Soldaten seien.
Wir sollen nun auf leisen Sohlen,
für sie das Eisen aus dem Feuer holen.
Doch diesmal gibt es keine Sieger,
diesmal sind wir alle nur Verlierer.
Denn Kriege, das weiß heute jedes Kind,
sind schon verloren, bevor man sie beginnt.
Vietnam lässt immer wieder grüßen,
drum müssen andere Völker dafür büßen.
Ihr Menschen macht deshalb eure Waffen stumpf,
nur Frieden ist das Meisterstück der Vernunft.

Mein Schulfreund Felix

Was, Sie kennen meinen Schulfreund Felix nicht? Natürlich kennen Sie Felix! Das ist der, der vor dem Mauerbau in den Westen abgehauen ist und nach der Wende, nach vielen Jahren, mich besuchen kam. Er wollte sein hier zurückgelassenes Erbe antreten.

Damals wohnte er bei mir, denn sein Elternhaus war ja bewohnt. Mein Gott, haben wir damals gefeiert. Das Feiern wollte kein Ende nehmen. Doch heute haben wir das Feiern leider schon verlernt.

Als wir nun nach so vielen Jahren das erste Mal wieder vor seinem Elternhaus standen, in dem er seine Kindheit verbrachte, zitterten ihm die Hände und er sagte zu mir: „Drück' du auf die Klingel! Ich kann es nicht." Obwohl wir angemeldet waren, machte uns ein altes Ehepaar nur zögerlich die Tür auf. Sie schauten uns mit traurigem Blick in die Augen. Felix, der die Situation sofort erkannte, sagte in seiner lockeren Art: „Ich habe immer gehört, dass es bei euch nie etwas gegeben hat, nicht einmal Baumaterial. Ich glaubte, hier eine alte zerfallende Hütte vorzufinden, und was finde ich? Ein Schmuckkästchen!" Er nahm ihre Hände und sagte ganz einfach „danke". So war Felix nun mal, einfach, ehrlich und unkompliziert. Ich dachte so bei mir: Danke sagen, dauert genau eine Sekunde – eine Sekunde für ein Leben lang Mühen und Plagen.

Bei einer Tasse Kaffee erzählten sie uns dann, wie das Leben wirklich war. „Es gab fast nichts", sagte der Opa, „nicht einmal Steine für einen Schornstein gab es offiziell zu kaufen. Also musste organisiert werden. Dem einen, der viel Geld besaß, brachte man das Material bis ins Haus. Die anderen, die etwas weniger Geld hatten, hatten einen PKW mit Hänger. Deshalb gab es auch so viele Trabis mit Hängerkupplungen. Und die, die noch weniger hatten, hatten einen Fahrradanhänger oder einen

Hawazuzieh, so wie wir." Felix staunte: „Hawazuzieh? Was ist denn das für ein Fahrzeug?" Ich sagte zu Felix: „Die DDR war nicht nur gut im Sport, wir waren auch Weltmeister im Erfinden von Abkürzungen. Hawazuzieh heißt auf Hochdeutsch ganz einfach *Handwagen zum Ziehen*." Felix grinste wie ein Schmalztopf. Aber der Opa erzählte weiter: „Alle waren immer auf der Suche nach irgendwas. Es wurde organisiert und koordiniert, ob man es brauchte oder nicht. Wenn nicht, dann hatte man etwas Gutes zum Tauschen, denn Tauschen war die große Mode. Das ging dann so: Tausche Dachbinder gegen Dachpappe, Klinkersteine gegen PVC-Rohre, gehobelte Bretter gegen Wandfliesen. Oder Spaltplatten gegen Glasbausteine. Einige Materialien wurden wie Goldstaub gehandelt", erklärte uns der Opa. Felix nickte verschmitzt und sagte mit schalkhaftem Lächeln: „Wenn ihr nur getauscht und Geschäfte gemacht habt, wann habt ihr dann überhaupt gearbeitet?" Alle lachten über seinen Witz. Dann aber, nach einer Weile, nachdem Ruhe eingekehrt war, sagte Felix mit ernster Stimme: „Ob wir nun wollen oder nicht, wir müssen nun zum geschäftlichen Teil kommen!" Er holte einen vorbereiteten Vertrag aus der Tasche. Ich senkte den Kopf, weil ich nicht in die Gesichter der beiden alten Leute, die mir gegenübersaßen, schauen wollte. Felix begann, den Vertrag in perfektem Hochdeutsch vorzulesen. Er las und las. Ich hörte seine Stimme wie aus weiter Ferne. Dann aber kam die Stimme immer näher. Ich hob meinen Kopf und sah in ein paar alte, aber glückliche Gesichter. „Vater", nannte die alte Dame ihren Mann, „hol bitte den Nordhäuser Doppelkorn aus dem Kühlschrank!" Die Flasche machte so lange die Runde, bis sie leer war. Der Opa holte dann noch eine und noch eine. Die zwei nannten Felix immer wieder einen großartigen Menschen und sie betonten, dass es doch wunderschön wäre, wenn es noch mehr von seiner Sorte gäbe. Als der Opa den letzten Rest aus der letzten Flasche eingeschenkt hatte, hob er sein Glas und sagte mit schwerer Zunge: „Als ich noch mitten auf der Bühne des Lebens stand, ich immer ein freundliches Wort für jeden fand, heute schau ich düster dagegen, so oder so ist das Leben. Die, die immer umnachtet durchs Leben schreiten, für die gibt es immer nur schöne Zeiten, die aber mit offenen Augen durchs Leben gehen, für die ist das Leben nicht immer so schön, dazu sagt der Volksmund eben, so oder so ist das Leben. Nehmt hin diesen Spruch für jeden Tag, jeder Tag ist immer nur so schön, wie man ihn selber mag, ob mit oder ohne Gottes Seegen, so oder so ist das Leben."

Am späten Abend, als wir beide dann nachdenklich zu mir nach Hause gingen, sagte ich zu Felix: „Ich finde es ganz toll, dass du den beiden alten Leuten das Wohnrecht unter den gleichen Bedingungen, wie in den letzten Jahren, bis zu ihrem Lebensende eingeräumt hast! Wer macht das schon? Wer verschenkt heutzutage noch Geld?"
„Über Geld spricht man nicht", sagte Felix, „Geld hat man oder man hat es nicht. Und wer verschenkt hier Geld? Ich verschenke nichts. Ich schiebe es nur vor mir her. Wenn ich selbst nichts mehr davon habe, dann haben wenigstens meine Kinder etwas davon!" Felix redete weiter: „Wenn ihr nicht auf die Straße gegangen wäret, dann würde ich hier heute nicht stehen können. Was zählt da schon Geld, wenn es um Menschen geht? Wir alle sind Nachbarn mehr denn je, nicht nur in Deutschland, nicht nur in Europa – nein, auf der ganzen Welt. Die Welt wird durch immer schnellere Verkehrsmittel immer kleiner, immer schneller. Je mehr Menschen das begreifen, umso größer ist die Chance, dass wir alle überleben! Und wenn du glaubst", sagte Felix zu mir gewandt, „dass ich ein Engel wäre, dann muss ich dich enttäuschen!"
Er holte aus der Innentasche seiner Jacke noch einen zweiten Vertrag heraus und sagte zu mir: „Wenn du diesen Vertrag lesen würdest, dann würdest du nicht mehr Engel zu mir sagen!" Felix nahm den Vertrag und zerriss ihn in ganz kleine Stückchen. Wir standen gerade unter einer hellerleuchteten Straßenlaterne und ich schaute in sein Gesicht, in welchem ich lesen konnte, wie in einem aufgeschlagenen Buch. Es war ein äußerst sauberes und ehrliches Buch. „Es ist nicht schlimm", sagte ich

zu ihm, „noch weniger verwerflich, dass du einen zweiten Vertrag bei hattest. Entscheidend ist nur, dass du ihn eben zerrissen hast!" Er warf die kleinen Schnipsel in die Luft und der Wind begann, damit zu spielen. Es sah so aus, als ob es mitten im Sommer schneite. Mir kam es wie eine Botschaft vor, die sagen wollte: Gut gemacht Felix!
Ich hakte mich bei ihm ein und wir beide wankten zufrieden zu mir nach Hause.

Heute standen wir nun wieder vor seinem Haus, und wenn ich ehrlich sein soll, muss ich sagen, es sieht wirklich wie ein Schmuckkästchen aus. Felix klingelte und kniff dabei ein Auge zu, denn er wusste, dass jeder von uns einen Nordhäuser Doppelkorn in der Tasche hatte. Wir freuten uns schon beide auf die Geschichten von früher, die uns die alten Leute erzählen würden, Geschichten, die das Leben schrieb.

Geschichte ohne Titel,
die viele Namen hat

„Morgen Hein!"

„Moin moin Toni!"

Hein, der eigentlich Heinrich heißt, ein echter Fischkopp ist und aus Rostock stammt, hat seine Frau damals in Warnemünde am Strand kennengelernt. Später, weil ein Rockzipfel mehr als zehn Pferde zieht, hat er sie geheiratet und lebt nun schon ein Leben lang in unserer Stadt.

Toni war hier im Krieg Flaksoldat und ist hier auch hängen geblieben, obwohl er ein echter Kölner Jung ist.

Dann haben wir noch einen Siegfried aus Ostpreußen, einen Otto aus Sachsen und einen Leonard aus Bayern.

Wenn ich alle fünfzig Garagenbesitzer aufzählen würde, die auf diesem Westgrundstück, was damals in den 70er-Jahren ein Urwald war, eine Eigentumsgarage aufgebaut haben, kommt im Schnitt ein ganz schönes Sammelsurium aus ganz Deutschland zusammen.

„Hast du auch so ein Pamphlet gekriegt, wo obendrüber steht *Im Namen des Volkes*?", fragte Toni.

„Du meinst diesen Wisch, wo *Urteil* draufsteht?", antwortete Hein. „Ich habe noch nie in meinem Leben was mit einem Gericht zu tun gehabt und jetzt dieser Überfall."

„Hast du gewusst, dass hier ein Gerichtsverfahren läuft? Ich nicht!"

„Was sie hier mit uns machen, hat doch nichts mit Recht, Gerechtigkeit und noch weniger mit *Im Namen des Volkes* zu tun. Von Demokratie wollen wir erst gar nicht reden. Was hier passiert ist eine große Ungerechtigkeit."

„Was heißt hier Recht und Demokratie? Wir Deutsche sind noch lange keine Demokraten, weil die, die uns Demokratie lehren wollen, die größten Egoisten sind. Sie können selber auch gar nichts dafür, weil sie in dieser Ellbogengesellschaft nichts anderes gelernt haben. Solidarität ist doch für sie ein Fremdwort."

„So ist nun mal dieser Staat, in dem wir alle leben wollten und deshalb auf die Straße gegangen sind, das siehst du doch hier", sagte wieder ein anderer.

„Ganz einfach", meinte Toni, „von uns fünfzig Garagenfritzen hat sich die alte Zicke", er meinte die Grundstückseigentümerin aus dem Westen, „das schwächste Glied herausgesucht und das war die alte Dame von Garage 27, die erst vor Kurzem ihren Mann verloren hat und selbst schwer an Krebs erkrankt ist, sie wurde ihr Opfer. Mit der haben sie ein Pilotverfahren durchgeführt. Weil aber die alte Dame das psychisch nicht durchgestanden hat, hat sie natürlich verloren und nun wird das Urteil an alle weitergeleitet. Eigentlich hätte die Alte", er meinte die Eigentümerin, „mit uns allen fünfzig Garagenbesitzern einen Prozess führen müssen, aber das war ihr zu teuer. Deshalb hat sie Trick siebzehn angewandt und der Richter ist darauf reingefallen, oder weil er vielleicht auch ein Wessi ist, hat er sie dabei noch unterstützt."

Es war ein schöner Tag und so kamen immer mehr Garagenbesitzer hinzu. Es war wie früher, als der Buschfunk noch funktionierte. Die Diskussionen, obwohl noch nicht alle dieses Urteil erhalten hatten, wurden immer heftiger. Der eine sagte: „Ich habe nachgerechnet, ich komme einfach nicht auf diese Zahlen, die dort vorgegeben sind. Wenn wir unser Einverständnis dazu geben, dann würde das eine Pachterhöhung von 450 % ergeben. Wenn wir noch die geforderte Nachzahlung von vier Jahren dazurechnen, dann kann sich die Alte von unserem Geld noch nebenbei eine Villa bauen. Das heißt, sie kauft mit unserem Geld unser Eigentum, weil die Summe, die wir einzahlen sollen, höher ist, als der Wert aller vorhandenen Garagen!"

„Was viele von uns gar nicht wissen", begann wieder ein anderer, „dass ihr Vater, von dem sie das Grundstück geerbt hat, früher ein großer Nazi gewesen sein soll. Er ist, bevor die Russen 1945 in unsere Stadt einmarschiert sind, mit seiner ganzen Familie in Richtung Westen abgehauen und hat so ganz nebenbei die ganzen Feuerwehrfahrzeuge mitgenommen. Das war auch so ein Trick, denn Feuerwehrfahrzeuge wurden von der deutschen Wehrmacht nicht requiriert. So konnten sie ohne Hast und Eile den Westen erreichen. Den Bonzen war es damals doch scheißegal, ob hier noch Brände gelöscht werden konnten oder nicht, Hauptsache, sie konnten ihre Haut retten."

„Ich weiß", sagte wieder ein anderer, „dass alle großen Nazis, die damals in den Westen geflohen sind, in der Ostzone enteignet und später im Westen dafür entschädigt wurden, nur dieser Eigentümer komischerweise nicht. Und warum? Weil die Stalinisten, die danach die Macht übernahmen, wieder geglaubt haben, tausend Jahre und länger an der Macht bleiben zu können, wo eines Tages sowieso alles Volkseigentum sein wird. Deshalb konnten sie u. a. auch so schlampig mit Ein- und Austragungen in den Grundbüchern sein!"

Wieder jemand anderes fügte noch hinzu: „Ich habe ein Grundbuchauszug von diesem Grundstück gesehen. Wenn ich jetzt höre, dass der Eigentümer ein großer Nazi gewesen sein soll, fällt es mir wie Schuppen von den Augen. Die Eintragungen auf den jetzigen Eigentümer wurden erst nach der Pogromnacht 1938 gemacht. Wenn wir jetzt beweisen könnten, dass der Eigentümer davor ein jüdischer Mitbürger war, dann haben wir nicht nur uns selbst einen Gefallen getan, sondern ganz nebenbei der Gerechtigkeit einen Dienst erwiesen."

Toni, der von uns der Älteste war, übernahm wieder das Wort: „Das alles zu wissen oder zu vermuten, nützt uns gar nichts, weil wir niemanden haben, der uns dabei hilft, das aufzuklären oder zu bestätigen. Die Augenzeugen von damals sind doch alle verstorben. Ich schlage deshalb vor, dass jeder für sich selbst entscheidet, ob er der Alten das Geld in den Rachen schmeißen will oder nicht. Die alten Preußen würden sagen: Wir haben eine Schlacht verloren, aber nicht den Krieg, weil wir noch die Fahne haben. Die Menschen von heute dagegen sagen, die Wessis haben zwar das Geld und die Macht, die Ossis leider nur ihre Moral. Was oder wer am Ende siegt, entscheidet immer der da oben. Der materielle Wert einer betagten Reihengarage ist nicht sehr hoch. Hier geht es mehr um den ideellen Wert. Wer aber die Ideale von Millionen von Menschen, die einstmals auf die Straße gegangen sind, um Deutschland wieder zu vereinen, mit Füßen tritt – die Ideale von Einigkeit und Recht und Freiheit –, gehört an den Pranger gestellt. Wir sind es den Menschen von damals schuldig!"

Freunde

Zärtlich, fast liebevoll, drückt der Opa das Gaspedal ins Innere des Motors. Der Trabi singt wie immer zuverlässig sein bekanntes Lied. Der Opa schaut in den Rückspiegel und schmunzelt. Hinten auf dem Rücksitz, genau in der Mitte, um zwischen den Vordersitzen hindurchschauen zu können, sitzt das Liebste, das Teuerste, was er besitzt: seine Enkeltochter Stephanie. Sie war heute Mittagskind, und er hat sie gerade aus dem Kindergarten abgeholt, um mit ihr in seinem Garten, der weit draußen vor der Stadt liegt, umrahmt von wunderschöner märkischer Landschaft, den ganzen Nachmittag zu verbringen.

Um dorthin zu kommen, muss er eine typische, alte, ungepflegte, drittklassige, märkische Nebenstraße befahren, die mit Dellen und Schlaglöcher übersät ist.
Die einen sagen wegen der vielen Schlaglöcher und Dellen Wellblechs-Trasse dazu, die anderen nennen sie Taigastraße, weil sie mitten in der schönen Landschaft zu Ende ist. Richtig heißt sie eigentlich Weidenstraße, weil ihre Chausseebäume nur aus Weiden bestehen.
Aber was ist das? Gleich hinter einer engen Straßenkurve steht ein alter Citroen, so eine hässliche Ente. Panne? Auch das noch, denkt der Opa, und dann noch mit einer B-Nummer. Wo die sich überall herumtreiben. Seitdem es keine Grenze mehr gibt, finden sie jedes kleine Mauseloch.
Der Opa steigt aus und fragt höflich die hübsche junge Frau, die ihre langen, blonden, lockigen Haare zu einem Pferdeschwanz zusammengebunden hat: „Kann ich helfen?"
„Er will nicht mehr", antwortete sie.
„Wieso er'?", konterte der Opa, „ich denke, das ist eine Ente und kein Erpel!"

„Na gut, dann eben eine Ente", und man merkte ihr an, dass sie genervt und nicht zum Spaßen aufgelegt war.

„Na, was ist denn das? Wo kommst du denn auf einmal her?", fragte der Opa ein hübsches, kleines Mädchen mit brauner Hautfarbe und den Kopf voller schwarzer Locken.

„Das ist meine Tochter Beatrice", sagte die junge Frau. Der Opa hockte sich nieder, damit er für die Kleine nicht so groß und mächtig erschien, und reichte ihr die Hand zum Gruß. Die Kleine ergriff mit einem Lächeln die ihr dargebotene Hand, als ob sie sich schon ewig lange kannten.

„Das ist doch klar", sagte der Opa zu seiner Enkeltochter gewandt, „dass wir da helfen müssen! Na dann machen Sie mal bitte die Motorhaube auf!"

Um Gottes willen, dachte er, so ein verkeimtes Auto hast du ja schon lange nicht mehr gesehen. Er machte die Motorhaube wieder zu und sagte zu der Mutter: „Es gibt jetzt zwei Möglichkeiten, entweder Sie warten hier bis zum jüngsten Tag, oder Sie lassen sich jetzt von mir abschleppen. Reparieren kann man die Ente nicht in fünf Minuten!"

„Ich habe ja keine Wahl", antwortete sie.

Der Opa machte den Kofferraum von seinem Trabi auf, wickelte eine große Werkzeugtasche auf, wo jedes Werkzeug sein eigenes Fach hatte, und holte ein Abschleppseil heraus.

„Was?", staunte sie, „das alles haben Sie immer dabei?"

Er antwortete: „Sie sehen doch, dass es notwendig ist. Und Vorsicht war schon immer die Mutter der Porzellankiste!"

Er hakte das Abschleppseil an die Hängerkupplung seines Trabis und dachte: Na wenigstens haben die Westautos eine Öse zum Abschleppen dran.

„Ihre Kleine kommt zu mir nach vorne ins Auto, das ist hier so Vorschrift bei uns", sagte der Opa, „und im Übrigen ist es nicht mehr weit." Er fuhr los.

Kurze Zeit später waren sie schon am Garten angekommen. Die Oma stand vor der Tür und wartete, als die beiden Autos hielten. Sie fragte: „Ist was passiert?"

„Nichts", antwortete der Opa, „wir haben heute einen Kaffeegast."

„Nein", verbesserte er sich, „wir haben zwei. Aber wo sind sie denn?"

Sie hatten sich schon auf dem Spielplatz breitgemacht.

„Nein, nein", rief die Oma den beiden nach, „erst umziehen, dann spielen! Und für dich finden wir bestimmt auch was", sagte sie zu der kleinen Beatrice. Zu ihrem Mann gewandt meinte sie: „Willst du mir nicht erst einmal die Dame vorstellen?"

„Oh, entschuldigen Sie bitte, dass ich mich noch gar nicht vorgestellt habe", sagte die junge Frau, „ich heiße Köhler, Beate Köhler."

„Was?", wunderten sich die beiden alten Leute, „Sie heißen Beate? Na, so ein Zufall, unsere Tochter heißt auch Beate. Das muss begossen werden."

Alle drei gingen gemeinsam in den Garten und stellten fest, dass die beiden Kinder schon umgezogen waren und einen Badeanzug anhatten.

„Opi", schmeichelte da eine Stimme, „dürfen wir baden?"

„Wenn die Mutti von Beatrice nichts dagegen hat, dann hinein ins Wasser!"

Inzwischen schauten sich Oma und Mutter Beate die alte Laube mit ihren kleinen, weißen, rot umrandeten Fenstern und ihren grünen Fensterladen mit den Worten an: „So habe ich mir schon immer eine Gartenlaube vorgestellt! Und der Garten erst ..., hier gibt es alles, was ein Herz begehrt. Er ist einfach wunderschön!"

Unbemerkt von den anderen hatte sich der Opa umgezogen und begonnen, die Ente zu reparieren. Als die Oma zum Kaffee rief, tat er so, als ob die Reparatur heute nicht mehr zu schaffen war. Er setzte sich mit hängenden Ohren und traurigen Augen an den Kaffeetisch. Als er mit der Schilderung der Situation am Ende war, sagte er: „Es gibt jetzt wie vorhin zwei Möglichkeiten. Erstens: Ich fahre Sie mit meinem Trabi nach Hause. Oder zweitens: Ich gebe Ihnen meinen Trabi und Sie fahren selbst und bringen ihn mir dann wieder zurück, wenn Sie Zeit dafür haben. In der Zwischenzeit repariere ich die Ente für Sie."

„Sie haben mir vorhin erzählt", sagte Beate, „dass ihr Trabi zur Familie gehört und er den Namen Robbi hat und deshalb so zuverlässig ist, weil sie ihn immer wie einen Freund behandeln. Diesen Freund wollen sie einfach so weggeben?"

„Das stimmt so nicht", sagte der Opa, „ich gebe meinen Freund nicht weg, wie Sie sagen. Mein Freund Robbi hilft jemandem, der in Not geraten ist, und das macht er sehr gern. Sie müssen ihm nur immer gut zureden und ich glaube schon, dass er Sie auch mag."

„Bevor ich Ihr Angebot annehme, möchte ich von mir noch was erzählen, was Sie wissen sollten. Ich bin eine alleinerziehende Mutter. Der Vater von Beatrice hat mich einfach sitzen lassen, als er merkte, dass mich meine Eltern enterbt haben, weil ich einen Farbigen als Freund hatte. Ich habe trotzdem mein Studium geschafft. Aber wer nimmt schon einen weiblichen Maschinenbauer, wenn es männliche wie Sand am Meer gibt? Darum arbeite ich als freischaffende Journalistin, um mir damit meinen Lebensunterhalt zu verdienen. Ich bin heute in die Mark Brandenburg gefahren, um über die Schönheit der Landschaft zu schreiben und habe dabei eine Entdeckung gemacht, die viel wichtiger ist als nur die Schönheit der Landschaft. Man sollte viel mehr über die Menschen, die hier wohnen und leben, schreiben, damit wir uns besser verstehen und kennenlernen."

„Na, dann fangen wir gleich mal an mit dem Kennenlernen", sagte der Opa, „Sie können mir glauben, das Schlimmste, was uns Deutschen passieren kann, ist, wenn es uns nicht gelingt, Deutschland zu vereinen, sondern wenn ein Teil vom anderen vereinnahmt wird und 16 Millionen Deutsche eines Tages sagen: Ich bin stolz darauf, ein DDR-Bürger gewesen zu sein! Ich verlange nicht von Ihnen, dass Sie diesen Satz als Wessi jetzt sofort verstehen, aber vielleicht denken Sie in zehn oder zwanzig Jahren daran, wenn es eine Situation gibt, die Sie an den heutigen Tag erinnert. Oder Sie schreiben ganz einfach über ein Menschenleben. Ein Menschenleben kann viel sein und auch fast gar nicht. Es kann lang sein und auch kurz. Es kann schön sein und auch traurig. Es kann sonnig sein und voller Schatten. Es sehnt sich nach Liebe und trachtet auch nach Macht. Wenn aber die Macht über die Liebe siegt, dann ist er kein Mensch mehr. Oder Sie schreiben ganz einfach über die Freiheit. Freiheit ist das Fundament, die Seele menschlichen Zusammenlebens. Um sie vor dem Missbrauch zu schützen, muss sie jeden Tag von Neuem errungen, erkämpft, kontrolliert werden. Nur wer sich diesen Bedingungen unterwirft, ist wirklich frei!"

„Warum sind Sie nicht in die Politik gegangen? Sie hätten doch jetzt jede Möglichkeit dazu?", fragte Beate und der Opa antwortete: „Die besten Deutschen müssen jetzt an der Spitze des Volkes stehen, ganz gleich, welcher Partei sie angehören, denn nur die Besten können die kommenden Aufgaben bewältigen. Ich bin leider keiner von den Besten und deshalb bin ich hier im Garten."

„Jetzt ist aber Schluss mit der Politik!", sagte die Oma und machte ganz deutlich einen Punkt, „sonst redet mein Mann morgen noch", entschuldigte sie sich.

„Aber bevor ich nach Hause fahren darf, müsste ich mal."

„Stephanie", rief der Opa durch den Garten, „zeige doch bitte Frau Köhler, wo bei uns die Toilette ist!"

Frau Köhler legte ihren geöffneten Pompadour auf den Tisch und ging mit den Kindern zur Toilette. Keiner merkte, dass im Pompadour ein Diktiergerät lief, das alles aufnahm, was am Tisch gesprochen wurde.

„Sei mal ehrlich", sagte der Opa zu seiner Frau, „ist das nicht ein armes Schwein? Sie hat bestimmt reiche Eltern und muss sich so durchs Leben mogeln. Trotzdem muss ich ihr noch sagen, dass sie sich und ihre kleine Tochter unmöglich kleidet. Mitten im Sommer und dann solche langen Kleider zu tragen, finde ich unmöglich."

„Du sagst nichts zu ihr!", antwortete die Oma, „jeder muss selbst wissen, was er tragen will. Du hältst dich da raus!"

„Hallo", schallte es durch den Garten, „ich wollt nur Bescheid sagen, dass ich endlich wieder Arbeit gefunden habe," rief ein ehemaliger Arbeitskollege durch den Garten. „Bei einer Firma Köhler Maschinenbau in Westberlin."

„Westberlin?"

„Das macht doch nichts, Chef, Hauptsache Arbeit."

„Du sollst nicht immer Chef zu mir sagen. Ich bin nicht mehr dein Chef. Ich bin jetzt Rentner."

In der Zwischenzeit war Beate mit den beiden Kindern zurückgekommen und der Opa sagte: „Darf ich vorstellen. Frau Beate Köhler, Eberhart Brand."

„Sind Sie etwa verwandt mit der Firma in Reinickendorf?", fragte Eberhart.

„Nein!", kam es wie aus der Pistole geschossen von Beate zurück. Aber der Opa merkte an ihrer Stimme, dass es gelogen war. „Wieso hast du auf einmal wieder Arbeit?" Und Eberhart erzählte von seinem heutigen Glück. In einer Zeitungsannonce las er heute Morgen, dass eine Firma einen Reparaturschlosser suche. „Ich komme heute Morgen dahin und es herrscht dort blankes Chaos. Der große Verdichter für die Druckluftanlage, der für die Produktion unbedingt notwendig ist, war ausgefallen und der Ersatz dafür erst in drei Wochen lieferbar. Ich bekam das alles mit und sagte zu dem Chef: Wenn Sie mir zwei kleine transportable Verdichter besorgen, 10 m Hochdruckschlauch, ein T-Stück und noch ein paar Kleinigkeiten und mir einen Arbeitsanzug zur Verfügung stellen, können Sie in zwei Stunden wieder produzieren. Gut, ich brauchte zwei Stunden und zehn Minuten, dann hatten sie wieder Druckluft zum Arbeiten. Erst dann fragte mich der Chef: Sagen Sie, wer sind Sie eigentlich? Ich antwortete: Ich bin der neue Reparaturschlosser, den Sie soeben eingestellt haben! Der Chef verzog keine Miene und guckte mich durchdringend an. Ich dachte: Jetzt kommt für meine freche Selbsteinstellung der größte Rausschmiss der Geschichte. Aber nach einem kurzen Augenblick wurden seine Gesichtszüge wieder freundlicher, er lächelte fast und sagte zu mir: Okay, Sie sind eingestellt!, und reichte mir die Hand. Ab morgen bin ich wieder voll im Arbeitsprozess eingebunden."

„Bea", rief Mutter Beate, „wir müssen jetzt endlich nach Hause fahren."

„Oh, jetzt schon? Es ist doch so schön hier", bekam sie zur Antwort. Die beiden Mädchen kamen zum Tisch, wo der Opa und die anderen noch saßen.

Die kleine Stephanie setzte sich zu ihrem Opa auf den Schoß und schmuste mit ihm.

„Du hast es gut", sagte Beatrice, „du hast eine Oma und einen Opa. Ich habe nur meine Mutti."

„Komm mal her zu mir", sagte der Opa zu Beatrice, „sieh mal, Stephanie rutscht ein bisschen rüber und du setzt dich hier auf die andere Seite und dann hast du auch einen Opa. Du sagst Opa zu mir und ich sage Trixi zu dir, weil ich glaube, dass du eine echte Berliner Pflanze bist und einen Schalk im Nacken hast."

Beatrice kam sofort, setzte sich auf einen Oberschenkel und drückte ihren neuen Opa so doll ab, dass er fast keine Luft mehr bekam.

„Jetzt ist aber Schluss", sagte ihre Mutter, „wir müssen nach Hause."

Gemeinsam gingen alle zum Gartentor. Aber was war das? Hinter der Hecke hatte der Opa heimlich die Ente mit Autoschnellwäsche gewaschen, die Kerzen gewechselt und die Batterie entkeimt, sodass die Ente wie ein frisch gelegtes Ei blitzte.

„Können Sie immer so schamlos lügen?", fragte Beate, „ich dachte, ich muss jetzt mit Ihrem Trabi nach Hause fahren."

„Nee, nee, das ist anders zu bewerten", sagte Eberhart, „mein Chef hat nämlich eine Macke, kranken und kleinen Kindern zu helfen. Das tut er immer gern und kostenlos."

„Das kommt gar nicht infrage", antwortete Beate.

„Und ob", erwiderte die Oma, „ich mache Ihnen einen anderen Vorschlag: Kommen Sie mit ihrer Tochter recht bald wieder. Ich glaube, die Kleine hat sich hier recht wohlgefühlt und Stephanie hat es auch ganz gut getan."

Beate dreht den Zündschlüssel um und die Ente sprang sofort an. Sie lächelte, legte ihre Fingerspitzen und den Daumen ihrer linken Hand zusammen, küsste sie und schnippte diesen Kuss zum Opa hinüber, nach dem Motto: Gut gemacht. Sie legte den ersten Gang ein und fuhr los.

Es war schon recht spät am Abend, Beatrice lag im Bett. Ihre Mutter saß noch am Tisch ihrer Einraumwohnung und hörte das Diktiergerät ab.

„Mutti, heute war der schönste Tag in meinem Leben."

„Warum denn gerade der heutige Tag, mein Schatz?"

„Ich habe heute eine Freundin, eine Oma und einen Opa bekommen. Jetzt sind wir auch eine richtige Familie."

Ihre Mutter hatte sich inzwischen auf das Bett gesetzt, nahm ihre Tochter in den Arm, drückte und küsste sie ganz fest.

„Ja, mein Schatz, jetzt sind wir eine richtige Familie. Nun musst du aber schlafen und träume was Schönes."

Beatrice drehte sich mit dem Gesicht zur Wand und schloss ihre dunklen Augen. Aber ihr Mund lächelte und es sah so aus, als ob sie jetzt schon was Wunderschönes träumte. Ihre Mutter saß nun wieder am Tisch und das Diktiergerät brachte jetzt die Stelle, wo der Opa ihre Kleidung bemängelte. Sie stand auf, öffnete die große Tür vom Kleiderschrank, wo an der Innenseite ein großer Spiegel angebracht war. Sie stand davor und betrachtete sich kritisch. Aber ihr Gesichtsausdruck verriet nichts von dem, was sie dachte. Erst als sie ohne langes Kleid vor dem Spiegel stand, lächelte sie und sagte halblaut zu ihrem Spiegelbild: „Opa, ich glaube, du hast recht!"

Zum nächsten Besuch hatten beide keine langen Kleider mehr an, Oma und Opa schauten ganz verwundert, sie wussten ja nichts vom Diktiergerät, und Beate schmunzelte. Sie hatte Kuchen und Abendbrot für alle mitgebracht. Als sie den Kaffee auspackte, es war die Lieblingssorte von Oma und Opa, sagte sie zur Oma: „Jetzt brauchen wir nur noch heißes Wasser", und beide lachten.

Im Laufe von Wochen entstand hier eine Freundschaft, die keiner voraussehen konnte. Beate erzählte immer mehr von ihrer

Familie und dass der Chef der Firma Köhler in Reinickendorf ihr Vater sei. Ihre Mutter sei eine ganz liebe, könne sich aber bei ihrem Vater nicht durchsetzen. Er war und ist immer Chef und dulde keine andere Meinung als seine eigene.

Eines Tages, es war schon Spätsommer geworden, kam Beate mit Trixi unangemeldet zum Garten. Sie schaute ganz verzweifelt. „Ich weiß, dass es sehr unverschämt ist, diese Frage zu stellen, aber ich weiß mir keinen anderen Rat. Ich muss für ein paar Tage nach Bonn. Ich kann aber Bea nicht mitnehmen, und Sie sind die einzigen Freunde, die ich habe, und da wollte ich fragen ...“

„Natürlich kann Trixi ein paar Tage bei uns bleiben, nicht wahr Oma?“

Oma nickte und dachte: Das Mädel hat ja noch mehr Stress, als ich dachte.

Am nächsten Tag sagte der Opa zu Trixi: „Komm, wir beide machen heute einmal eine Landpartie mit meinem Trabi oder bist du schon mal mit einem Trabi mitgefahren?“

Trixi schüttelte ihren Lockenkopf und lachte. Sie fuhren nicht sehr lange, da hielt der Opa in einer Straße, wo es nur vornehme Häuser und gepflegte Vorgärten gab. Vor einem dieser Tore blieb er stehen und klingelte. Eine Frau, die im Vorgarten Blumen beschnitt, rief: „Wir kaufen nichts!“

„Wir wollen nichts verkaufen, wir wollen etwas verschenken.“

„Verschenken?“, fragte die Frau und kam zum Tor.

„Verschenken will ich eigentlich auch nichts. Ich möchte Ihnen nur etwas Schönes, etwas Zauberhaftes zeigen. Sie sind Frau Köhler. Ich kenne Sie von Bildern Ihrer Tochter Beate. Und dieses hübsche kleine Menschenkind ist ihre Enkeltochter Beatrice, die den gleichen Namen wie ihre Oma trägt.“ Er nahm Trixi auf den Arm, damit ihre richtige Oma sie besser sehen konnte, und Trixi schmiegt sich eng um Opas Hals.

„Sehen Sie, Frau Köhler, diese Liebe könnten Sie jeden Tag bekommen. Aber nur wer Liebe ohne Bedingungen verschenkt, kann erwarten, dass ihm Liebe gegeben wird. Glauben Sie mir, Sie müssen den ersten Schritt machen, ich kenne Ihre Tochter. Obwohl es Ihrer Tochter wirklich nicht gut geht, wird Sie nie den ersten Schritt machen, weil Sie den Stolz und den Dickschädel Ihres Vaters geerbt hat."

Die Frau hinter dem Zaun kämpfte mit den Tränen. Am liebsten hätte sie ihre Enkeltochter, diesen süßen Fratz, von oben bis unten abgeküsst, aber der Opa sagte: „Dies ist meine Adresse, Telefon haben wir leider noch nicht, aber Sie sind immer und jederzeit bei uns herzlich willkommen. Ich bedanke mich herzlichst bei Ihnen, dass Sie mich angehört haben und grüßen Sie Ihren Mann von mir und sagen Sie ihm, ein Mensch lebt nicht nur vom Brot allein, er braucht auch Liebe zum Leben."

Er drehte sich um und ging zusammen mit Trixi zum Trabi.

Das Erntedankfest oder der Tag des Abgrillens kam immer näher. Alle Gäste wussten schon Bescheid. Nur zwei hatten sich noch nicht gemeldet. Der Opa entschied, zum Generalangriff überzugehen. Ein paar Tage vor dem Fest war er für Stunden unauffindbar. Als er zurück war, lächelte er und sagte zu seinem Trabi: „Robbi, ich glaube, wir haben heute eine große Tat vollbracht."

An dem Tag, als das Fest beginnen sollte und fast alle Gäste schon da waren, sagte Opa zu Eberhart: „Übernehme bitte den Grill, ich muss noch mal schnell weg. Ich habe was vergessen." Er fuhr bis zur Hauptstraße hinunter und da stand schon ein großer Daimler, der auf ihn wartete. „Sie brauchen mir nur immer hinterherfahren. Es ist nicht mehr weit."

Als sie ankamen, standen schon Autos vor all den anderen Gärten, sodass die Ankunft der beiden neuen Autos gar nicht auffiel. Zu den beiden Gästen, die aus dem Daimler ausstiegen, sagte er: „Warten Sie bitte einen kleinen Moment, ich muss Ihre Ankunft kurz vorbereiten." Er ging in den Garten und sagte zu Beate: „Da draußen stehen noch zwei Gäste, würdest du sie bitte hereinholen, aber lass bitte deinen Dickkopf und deinen Stolz hier. Nehme deine Tochter mit."

Was draußen vor dem Garten geschah, wird wohl niemand erfahren, aber nach geraumer Zeit kamen vier glückliche Menschen zurück. Man hätte glauben können, Freunde für immer zu sehen.

Als alle Gäste anwesend waren und jeder ein Getränk in der Hand hatte, bat der Opa um Gehör: „Die meisten unter uns kennen sich schon lange Zeit. Aber ich möchte euch allen ein paar neue Freunde vorstellen. Das hier ist Beate Köhler mit ihrer Tochter Beatrice. Ich betone es deshalb so stark, weil ich hoffe, dass der Vogel, der aus dem Nest gefallen ist, in seine alte Heimat zurückgefunden hat. Und hier, liebe Freunde, sind ihre Eltern, die einen ganz großen Schritt nach vorne gemacht haben, einen Schritt vom ICH zum WIR.

Freundschaft beginnt immer mit Vertrauen. Ohne Vertrauen gibt es keine Freundschaft und erst recht keine Liebe. Liebe aber, liebe Freunde, Liebe ist das Schönste, was es gibt auf dieser Welt. Trinken wir also auf die Liebe, damit sie immer bei uns bliebe, Prosit!"

Die Legende von meinem Schutzengel

Schutzengel gibt es viele auf dieser Welt, aber oftmals sind sie nicht anwesend, wenn man sie braucht.

Ich hatte Glück, ich habe meinen Schutzengel schon persönlich kennengelernt. Er ist weiblich, groß, schlank, dunkelhaarig, sehr sympathisch und stand bei „Aldi" vor mir an der Kasse.

Ich war dabei, meine eingekauften Waren auf das Band zu legen. Sie hatte gerade bezahlt. Da hörte ich ihre sanfte Stimme und es klang wie Musik, nur die Worte, die sie sprach, waren alles andere als wohltuend. Sie sagte zu mir: „Sie haben da eine Stelle an ihrer rechten Schläfe, das sieht nicht gut aus, sie sollten unbedingt einen Arzt aufsuchen!" Sie drehte sich um und ging weg. Ich kam gar nicht dazu, irgendwelche Fragen zu stellen oder mich zu bedanken. Da erinnerte mich die Verkäuferin daran, dass ich doch endlich bezahlen soll, die anderen Kunden wollen auch noch nach Hause.

Es dauerte noch ein paar Tage, bis ich einen Termin beim Arzt bekam. Die Stelle wurde kurzfristig von ihm entfernt und es war allerhöchste Zeit, denn die Hautauffälligkeit war schon fast bösartig.

Leider habe ich meinen Schutzengel nicht wiedergesehen. Schade, ich hätte mich so gerne bei ihr bedankt.

Die Botschaft

Es war Monatsende. Ich stand bei Aldi in der Schlange an der Kasse. Vor mir stand eine alte Oma. Sie hatte nur das Notwendigste zum Leben im Korb: Brot, Butter, ein kleines Stück Käse, ein bisschen Wurst.

Die Kassiererin schob ihre Waren über das Leseteil der Kasse und sagte der Oma die Summe, die sie zu zahlen hat. Die Oma schüttete ihre Geldbörse aus und sagte: „Mehr habe ich nicht."

„Oma, das reicht aber nicht", antwortete die Kassiererin, „wenn Sie kein Geld haben, dann können Sie auch nicht einkaufen."

„Aber ich habe doch Hunger", sprach die Oma. Die Kassiererin fühlte sich sichtlich unwohl und mit großem Mitleid in ihrer Stimme antwortete sie: „Tut mir leid, Omi, aber ich muss die Waren wieder zurücknehmen."

„Halt!", sagte ich, da ich alles genau mitbekommen hatte. Ich nahm einen 50-Euro-Schein aus meiner Geldbörse, legte ihn auf die Kasse und sagte: „Ziehen sie die Summe für den Einkauf der Dame hiervon ab. Ich weiß, wie es ist, wenn man hungern muss." Das Gesicht der Kassiererin konnte man nicht beschreiben. Es lag Betroffenheit, Scham und Hochachtung darin. Die Oma bedankte sich zigmal bei mir und ging aus der Halle.

Ich bezahlte meine Summe und ging auch hinaus. Draußen wartet die Oma auf mich. Sie bedankte sich nochmals bei mir und reichte mir plötzlich einen 50-Euro-Schein entgegen.

„Oma", sagte ich vorwurfsvoll, „du hattest das Geld und hast nicht selbst bezahlt? Warum?"

„Ich wollte mal sehen, ob es heute noch Menschen gibt, die anderen Menschen helfen, wenn sie in Not sind."

Sie reichte mir noch immer den 50-Euro-Schein entgegen. „Nimm' du bitte das Geld, ich habe genug davon, denn ich habe im Lotto gewonnen und das reicht, solange ich lebe. Danke Jungchen!" Sie drehte sich um und ging davon.

Ob sie ein Schutzengel war, der uns eine Botschaft bringen wollte?

Stille Botschafter

Bevor meine 16-jährige Enkeltochter für ein Schuljahr im August 1999 in die USA reiste, machten wir ein paar Tage Urlaub in Bayern. Auf einem Ehrenfriedhof fanden wir einen Spruch von Immanuel Kant: „Frieden ist das Meisterstück der Vernunft."
Ohne dass wir es bemerkten, schrieb sie mit Schönschrift diesen Spruch auf und nahm ihn mit nach Amerika. Nachdem sie dort angekommen war und ihre Koffer ausgepackt hatte, fiel ihr der Spruch von Kant in die Hände. Als sie gerade dabei war, den Spruch an ihrer Pinnwand zu befestigen, kam ihre Gastmutter ins Zimmer. Sie wollte natürlich wissen, was auf dem Blatt steht. Meine Enkeltochter übersetzte es ins Englische. Ihre Gastmutter nahm sie ganz spontan in die Arme, drückte sie ganz fest und, damit man ihre Tränen nicht sah, verließ sie ganz schnell das Zimmer.
Inzwischen sind nun schon viele Jahre vergangen und meine Enkelin hat schon oft ihre Gasteltern besucht. Jedes Mal, wenn sie in den USA ist, wird ihr immer wieder bestätigt, dass sie eine gute Botschafterin der Jugend aus Germany war und ist.

Für alle, die jetzt oder auch später in die ungewisse Fremde ziehen, um andere Sprachen und Sitten kennenzulernen, ein kleiner Rat: Botschafter, auch ungewollt, seid ihr immer, wenn ihr hinauszieht in die Welt, drum bei allem, was ihr macht oder tut, vergesst nie dabei, dass ihr nur ein Gast seid in diesem Land.

Das schrieb für alle ein stolzer Opi.

Eine Weihnachtsgeschichte der neuen Zeit

In der dunkelsten Jahreszeit ist die Vorweihnachtszeit die schönste Zeit. Nicht nur, weil diese voller Licht, leuchtender Kinderaugen und Kerzenschein ist, sondern weil auch noch der Nikolaus unterwegs ist.

Jeden Abend steht vor einem großen hellerleuchteten Schaufenster eines Spielzeugladens ein kleiner Junge und schaut mit strahlenden Kinderaugen auf die ausgestellten Spielsachen. Wenn der Verkäufer im Laden den Jungen bemerkt, schaltet er zur Freude aller, die vor dem Schaufenster stehen, die ausgestellte elektrische Eisenbahn ein. Jedes Mal freut sich der Verkäufer, wenn die Augen des kleinen Jungen noch mehr beginnen zu strahlen.

So verging die Vorweihnachtszeit ...

Eines Abends, es war zwei Tage vor dem Heiligen Abend, stand der kleine Junge wieder vor dem Schaufenster und wartete darauf, dass der Verkäufer seine Eisenbahn einschaltet. Es stand für ihn schon lange fest, dass diese Eisenbahn im Schaufenster seine Eisenbahn ist.

Nach einer Weile kam auch der Verkäufer, lächelte den Jungen an, hob seine Schultern, als wollte er sagen: „Es tut mir leid, mein Junge, ich muss sie jetzt verkaufen." Er nahm die große Platte, auf der die Eisenbahn aufgebaut war, und ging mit ihr zum Verkaufstisch, wo ein Herr auf ihn wartete.

Ein junger Mann, der neben dem Jungen stand, hatte das Mienenspiel zwischen dem Verkäufer und dem Jungen bemerkt. „Sie war wohl schon so gut wie deine Eisenbahn, die hast du dir wohl zu Weihnachten gewünscht?", fragte er den Jungen und schaute ihn dabei an.

Jetzt erst bemerkte er, dass dem kleinen Kerl Tränen in den Augen standen, und versuchte ihn zu trösten. Er redete von Träumen und von Wünschen, die nicht in Erfüllung gehen können, weil man sie nicht bezahlen kann. „Das fängt schon an, wenn man so klein ist wie du, und endet eigentlich nie. Auch wenn man schon groß und erwachsen ist, wie ich, hat man noch Träume, die nicht in Erfüllung gehen, man muss dabei nur nicht so furchtbar traurig sein wie du. Denke doch mal daran, wie sich der Junge freut, der deine Eisenbahn zu Weihnachten bekommt. Wenn du abends im Bett liegst und nicht einschlafen kannst, dann machst du ganz einfach deine Augen zu und träumst davon, wie ihr beide mit deiner Eisenbahn spielt, und du hast dabei noch den großen Vorteil, dass du hinterher nicht immer alles allein aufräumen musst!"

Der Kleine schluckte auf und lächelte dabei, weil ihm das mit dem Aufräumen so gut gefallen hatte. „Komm", sagte der junge Mann zu dem Jungen, „wir gehen jetzt nach Hause. Wo wohnst du eigentlich?"

„Hier gleich um die Ecke in der Müllerstraße 20."

„Na dann mach's gut, und denke immer daran, wer anderen Freude bereitet, bereitet sich selbst auch Freude und es macht obendrein noch viel Spaß. Also tschüss!"

Es war Heiligabend geworden. Der junge Mann, den seine Freunde scherzhaft Peter Pan nannten, saß in einem großen Raum, zusammen mit anderen Leuten, die alle als Weihnachtsmänner verkleidet waren. Sie warteten darauf, dass sie vom Veranstalter für ihre Bescherungstour eingeteilt werden. Sie beschenkten große Kinder, kleine Kinder, dicke, dünne, mutige und auch ängstliche Kinder.

Inzwischen, es war schon spät geworden, sagte der Mann zu seinem Kraftfahrer, der die vielen Säcke transportierte: „Jetzt kommt der letzte Sack und dann ist Feierabend." Der war prall gefüllt wie kein anderer Sack vorher und er war deshalb schon ganz neugierig auf diese Familie, die diesen Sack bekommen sollte. Bevor ihm die Haustür geöffnet wurde, meinte er schnell noch zu seinem Kraftfahrer: „Du kannst schon nach Hause fahren. Ich mach' das hier noch fertig. Frohe Weihnachten!" Er drehte sich um und schaute in das Gesicht eines bösartig dreinschauenden Hausherrn.

„Wo bleiben Sie nur? Wir haben Sie viel früher erwartet. Wir wollen ja schließlich auch noch ein bisschen feiern. Zuerst die Kinder bitte!" Der Weihnachtsmann kam in ein großes Wohnzimmer, welches wunderschön weihnachtlich ausgeschmückt war. Schon allein der Weihnachtsbaum war nicht nur groß, er war auch noch wunderschön anzusehen. Es roch, nein, es stank hier förmlich nach neureich und nach Geld. Der Weihnachtsmann wollte nun seine eingeübte Zeremonie ablaufen lassen und Gedichte aufsagen, da wurde er schon von dem achtjährigen Jungen des Hauses unterbrochen: „Wir wissen, dass du ein Student bist. Mach nicht so viele Faxen und gib mir meine Geschenke!" Der Hausherr nickte freundlich und sagte: „Zuerst die Kinder bitte!" Als der Junge die Eisenbahn sah, schrie er hysterisch: „Ich will keine Eisenbahn, ich will eine Maschinenpistole und ein Klappmesser!", und stürmte aus dem Zimmer. Seine Schwester ahmte ihren Bruder nach, stampfte mit den Füßen auf und schrie: „So eine doofe Barbiepuppe will ich nicht!", und lief ihrem Bruder hinterher.

Der Hausherr, sichtlich nervös, sagte zu dem Weihnachtsmann: „Nehmen Sie den Kram mit und verschwinden Sie. Hier haben Sie noch 50 DM, aber hauen Sie bloß schnell ab!"

Nun stand er wieder draußen auf der Straße, mit einem prall gefüllten Sack, und wusste nicht, was er machen sollte. Auf einmal, wie von selbst, ging sein Blick hinauf zu den Sternen. Er wusste nicht, warum er es tat, es war wie ein Zwang. Da sah er, was er vorher noch nie gesehen hatte, dass ein Stern besonders hell leuchtete. Leise, fast unhörbar, sagte er zu dem Stern: „Warum tust du mir das an? Warum bestrafst du mich so? Was habe ich falsch gemacht? Ich wollte doch nur Freude bereiten! Warum immer ich?"

Inzwischen blieb unbemerkt ein Taxi vor ihm stehen. Erst als der Taxichauffeur fragte: „Hast du Sorgen, lieber Weihnachtsmann?", wachte er wieder auf. „Komm, steig ein", sagte der Taximann, „ich fahre dich, wohin du willst. Ich habe noch nie in meinem Leben einen Weihnachtsmann mit meinem Taxi gefahren." Der Weihnachtsmann stutze einen Augenblick, lächelte auf einmal, stieg in das Taxi und sagte: „Müllerstraße 20, bitte!" Dort angekommen fragte der Taximann, nachdem er die Häuserfront so hinaufgeschaut hatte: „Du bist dir ganz sicher, Weihnachtsmann, dass du hier richtig bist?"

„Ich bin mir nicht nur ganz sicher, ich weiß sogar, dass ich hier richtig bin", nahm seinen schweren Sack und ging ins Haus. Er machte das Treppenlicht an, nahm seine große Glocke und bimmelte, bing-bong-bing-bong-bing-bong. Überall in jeder Etage gingen die Wohnungstüren auf. Alle wollten sehen, wer um diese Zeit eine Glocke läuten lässt. Bestimmt waren alle davon überzeugt, dass jetzt nur der echte Weihnachtsmann mit der Glocke kommen kann. Alle bekamen was, und wenn es nur ein Stück Kinderschokolade oder ein Überraschungsei war. Sogar die Muttis gingen nicht leer aus. Aber dann stand sie da, die Arme um Muttis Beine geschlungen, die blonden Locken umrahmten ihr hübsches kleines Gesicht. Ihre großen blauen Augen schauten den Weihnachtsmann erwartungsvoll an. Er sagte zu ihr: „Für dich habe ich etwas ganz Besonderes", und holte dabei die Barbiepuppe aus dem Sack und gab sie ihr. Sie wollte erst nicht. Doch als der Weihnachtsmann zu ihr sagte, dass sie wie ein richtiger Engel aussieht und kein böses Kind sein kann, nahm sie die Puppe und drückte sie ganz fest an sich. Nun drehte sich der Weihnachtsmann zur nächsten Wohnungstür um. Da stand er endlich, der Junge, den er suchte und den er vor ein paar Tagen kennengelernt hatte. So schön sauber angezogen, musste er feststellen, war er eigentlich ein hübscher Junge. Mit verstellter tiefer Stimme fragte der Weihnachtsmann: „Willst du mich nicht reinlassen?"

„Doch doch", sagte der Junge und man sah ihm an, dass er nicht verstehen konnte, warum der Weihnachtsmann gerade zu ihm wollte. Im Wohnzimmer angekommen fragte der Weihnachtsmann mit tiefer Stimme: „Na, wer will zuerst sein Gedicht aufsagen?"

„Peter, du", meinte die Mutter.

„Aber Mutti, ich kann doch gar kein Gedicht", antwortete Peter.

„Aber, aber", sprach der Weihnachtsmann, „so ein ganz kleines kannst du doch bestimmt."

„Na gut", sagte Peter und fing an zu stammeln: „Lieber guter Weihnachtsmann, ich kenne zwar nicht deine List, ich finde es trotzdem cool, dass du gerade zu uns gekommen bist!" Die Mutter fügte noch hinzu: „Ich stelle auch keine Fragen, ich will nur danke sagen!" Dann packte der Weihnachtsmann die Eisenbahn aus und Peter war so überrascht, dass er kein Wort sagen konnte. Aber dann fielen ihm die Worte von dem Fremden vor dem Schaufenster wieder ein: „Manchmal gehen auch Wünsche in Erfüllung, man muss nur fest daran glauben."

Nach einer Weile verabschiedete sich der Weihnachtsmann zur Mutter gewandt mit den Worten: „Es hat alles seine Richtigkeit, es ist alles bezahlt. Frohe Weihnachten!"

„Frohe Weihnachten, und danke, lieber Weihnachtsmann, vielen, vielen Dank!", erwiderten beide.

Im Treppenhaus ließ er noch mal seine Glocke erschallen und überall gingen noch einmal die Türen auf und alle riefen: „Frohe Weihnachten! Frohe Weihnachten!" Dann stand er wieder auf der Straße.

Aber was war das? Das Taxi stand ja immer noch vor der Tür.

„Ich bin dir nachgegangen", sagte der Taximann. „Du bist für mich der Beste. Oder bist du sogar der Echte? Hast du noch ein bisschen Zeit? Ich habe nämlich auch noch zwei Kinder zuhause."

Im Dämmerlicht der Straßenlaterne konnte man nicht erkennen, wie der Weihnachtsmann reagieren würde. Er hob ganz langsam seinen Kopf und suchte mit seinen Augen den hell leuchtenden Stern und lächelte verschmitzt. Dann stiegen sie beide ins Taxi und fuhren los. Sie hatten die Seitenscheiben heruntergedreht und allen Passanten auf der Straße riefen sie zu: „Frohe Weihnachten!"

Leserbrief

Gestern sprach mich beim Einkaufen eine 80-Jährige alte Dame an, die mich von frühster Jugend her kennt, und sagte: „Was ist los, Jungchen, du schreibst ja keine Leserbriefe mehr, ist dir etwa die Tinte ausgegangen, Themen gibt es doch genug!"
„Worüber soll ich denn schreiben?", fragte ich zurück. „Etwa über eine Partei, die mit 5,1 % Stimmenanteil Regierungstätigkeit übernehmen will, obwohl sie mit 5,1 % gar keine Legitimation hat und in die Opposition gehört? Oder soll ich über einen ehemaligen hochrangigen CDU-Politiker schreiben, der einem Journalisten auf eine Frage antwortet: Lieber schlechte Politik machen und an der Macht bleiben, als gute Politik in der Opposition! Und genau die Leute sind es, die sagen, dass wir Ossis keine Ahnung von Demokratie haben. Oder soll ich über die USA schreiben, die auch nach dem 11. September nichts dazugelernt haben? Man kann diesen Weltfeind Nr. 1 nicht mit herkömmlichen Methoden bekämpfen. Diesen Feind der friedliebenden Menschheit kann man nur mit seinen eigenen Waffen schlagen. Aber weil man mit dieser Methode kein Geld verdienen kann, ist es *unamerikanisch* und deshalb nicht akzeptabel. Mit anderen Worten: Ein Unhold, der sich tief in seinem Bau vergraben hat, kann man nicht vernichten, indem man auf seinen Bau herumspringt. Man muss die vielen Ausgänge finden und dann Frettchen hineinlassen, die ihn vernichten. Nur so, und nicht anders, kann man diese Welt wieder friedlicher machen."

„Danke Jungchen", sagte die alte Dame zu mir, „und bleibe schön gesund, damit du noch viele Briefe schreiben kannst. Sie reichte mir ihre alte von der Arbeit geschundene Hand und ging nach Hause. Ich lächelte. „Jungchen" hatte sie zu mir gesagt, dabei ist sie nur ein paar Tage älter als ich.

Die Deutschen und ihr Rhein

Einst sangen die Deutschen die Wacht am Rhein,
lieb Vaterland magst ruhig sein.
Aber dann besannen sie sich beim Dichten
auf ihre jungen Burschen und hübsche Nichten
und sangen: „Warum ist es am Rhein so schön,
weil die Mädchen so lustig und die Burschen so durstig,
darum ist es am Rhein so schön!"
Die Zeit verging und die Menschen waren froh,
nicht nur in Deutschland, auch anderswo.

Aber dann kam eine Zeit, und der sie erlebte,
noch heute tief bereut.
Und am Ende dieser Zeit hat man über Nacht
mitten durch Deutschland noch eine Grenze gemacht.
Und die einen sangen immer noch:
„Warum ist es am Rhein so schön."
Und die anderen, die den Rhein nicht sehen
konnten oder sehen durften, waren traurig darüber
und sangen aus Trotz: „Warum ist es am Rhein nicht schön,
weil unser Vater Rhein ohne uns kann nicht sein,
darum ist es am Rhein nicht schön."

Und die Zeit verging und die einen sangen so
und die anderen sangen so.
Wer das so oder so nicht versteht,
im Lexikon dafür Kapitalismus oder Stalinismus steht.
Doch unser Vater Rhein sagte zu uns:
„Erst wenn alle können wieder schauen
meine Täler und Auen,
dann ist es wieder am Rhein so schön."

Und wieder vergingen viele, viele Jahre.
Aber dann kam eine Nacht
und keiner von uns hat je daran gedacht,
dass er mal soeben diesen Tag wird erleben.
Da haben wir Deutschen mit einem Zetteltrick
der Welt bewiesen,
ohne einen Tropfen Blut zu vergießen,
die Grenzen einfach platt gemacht.
Und unser Vater Rhein sagte zu uns:
„Gut gemacht, ihr Mädel und Buben
vom Rhein bis nach Guben, nun nützet eure Macht,
damit über Deutschland wie nie zuvor die Sonne lacht!"

Aber was ist daraus geworden
von Süden bis nach Norden,
oder was ist uns geblieben
von Norden bis nach Süden?
Doch unser Vater Rhein machte uns wieder Mut
und sagte zu uns:
„Nur wer singen tut, hat mehr vom Leben
und kann anderen Freude geben."

Und alle singen nun Gott sei Dank
wieder die altbekannten Lieder:
„Warum ist es am Rhein so schön,
weil die Mädchen so lustig
und die Burschen so durstig,
darum ist es am Rhein so schön!"

Die drei schönsten Tage
in meinem Leben

Nachdem ich mich fünf Mal schriftlich bei unserem Staatsrats-
vorsitzenden der DDR, Walter Ulbricht, über die Machen-
schaften der Wohnungsvergabe in unserer Stadt beschwert
hatte, bekam ich im August 1961 für meine Tochter, meine
Frau und mich eine Einraumwohnung von einem, der in Richtung Westen abgehauen war, von der Wohnraumlenkung zu-
gewiesen.

Am 13. August 1961, es war ein Sonntag, ich malerte gerade
mein Wohnzimmerfenster in meiner neuen Wohnung im Erd-
geschoss, kam mein neuer Nachbar zu mir mit den Worten:
„Da haste aber noch mal mit deiner Wohnung Glück gehabt, ab
jetzt kann keener mehr abhauen, die haben die Grenze einfach
zujemacht.“
„Das glaube ich nicht“, antwortete ich, denn ich hatte ja kein
Radio in meiner neuen Wohnung und wusste nicht, was in der
Welt geschah.
„Stell dir mal vor, die Bernauer Straße in Berlin, da stehen die
Häuser im Osten und die Straße ist schon Westen“, sagte ich zu
ihm. „Wenn die Hausbewohner, die im Osten wohnen, auf die
Straße treten, sind sie schon im Westen.“
Dass es aber doch ging, haben wir 28 Jahre lang erlebt.

Im November 1989 haben meine Kinder auch eine Wohnung
bekommen, von einem, der über Ungarn in die BRD geflohen
ist. Am 9. November war ich wieder dabei, Fenster zu strei-
chen. Diesmal in der Wohnung meiner Kinder. Mein Schwiegersohn tapezierte das Schlafzimmer. Das Kofferradio stand im
Korridor, damit jeder von uns ein bisschen Musik hören konn-

te. Plötzlich verstummte die Musik. Eine Männerstimme sagte (es war die Stimme von Herrn Schabowski), es war so gegen 19 Uhr: „Mir wurde soeben ein Zettel gereicht, auf dem steht, dass die Reisefreiheit für alle DDR Bürger gilt." Ein Journalist stellte eine Frage, die lautete: „Heißt das, dass alle Grenzen offen sind und ab wann?" Und Herr Schabowski antwortete: „Ab sofort!" Lange erklang schon wieder Musik aus dem Radio, ich saß noch immer auf meinem Hocker am Fenster und konnte nicht glauben, was ich vor ein paar Minuten gehört hatte. Jahrelang, wenn ich nachts nicht schlafen konnte, habe ich überlegt, wie man unser Deutschland wieder vereinen kann, welches die Siegermächte einstmals gespalten hatten. Ich konnte nicht mehr malern, weil mir die Hände zitterten. Ich konnte einfach nicht verstehen, was da soeben geschah. Ohne Gewalt, ohne Blutvergießen haben die Deutschen an diesem Tage etwas geschafft, was noch nie vorher auf dieser Welt geschehen ist: eine friedliche Vereinigung zweier Staaten mitten im Kalten Krieg. Wer auch immer den Deutschen diese große Tat missgönnt, diesen Tag friedlich, feierlich und fröhlich zu begehen, kann nie ein Freund der Deutschen sein.

Am nächsten Tag bin ich, wie immer, mit dem Fahrrad zur Arbeit gefahren. Aber was war das? Außer ein paar Leitkadern war kein Mensch zu Arbeit gekommen. Sie waren alle drüben in Westberlin, um ihre 100,00 DM Begrüßungsgeld abzuholen und um zu feiern. Um 10 Uhr sagte ich zu meinem Chef: „Ich mache jetzt auch Feierabend, hole mir meinen Stempel für die Ausreise und fahre rüber, um meinen Verwandten guten Tag sagen."

Das Abholen des Stempels war gar nicht so einfach, denn die Menschen standen vor dem Einwohnermeldeamt in Sechserreihen mindestens 100 m lang an. Aber ich kannte einen Seiteneingang im Rathaus. Mit etwas Glück fuhren vier Erwachsene und ein Kind mit einem Trabi in Richtung Westberlin und das schon am frühen Nachmittag. Ich staunte nicht schlecht über den großzügig erbauten Kontrollpunkt im Osten. Ich flachste mit dem Oberstleutnant der Grenztruppe, der unsere Ausweise kontrollierte, und sagte: „Zieh deine Uniform aus und komm mit. Im Kofferraum ist noch Platz, am Abend sind wir wieder zurück!" Er lächelte freundlich. Aber wer weiß, was er gedacht hat?

Am westlichen Kontrollpunkt angekommen hieß es nur: „Weiterfahren, weiterfahren!" Aber an dem kleinen Kontrollhäuschen mussten wir dann doch anhalten. Dort standen nämlich Männer vom ADAC und verteilten an jeden Kraftfahrer eine Sonderausgabe von Straßenatlanten anlässlich zum 9. November 1989, dem Tag der friedlichen Vereinigung Deutschlands, mit den Worten: „Gute Fahrt auf allen Straßen in ganz Europa." Dann kam die erste Ausfahrt, Schulzendorfer Straße. Die Brücke war voll jubelnder Menschen. Ich musste hier abfahren, weil ich nach Heiligensee wollte zu meinen Verwandten. Aber wir kamen nicht weit. Mitten auf der Fahrbahn stand ein alter Herr. Ich musste erneut anhalten. Er begrüßte uns lächelnd mit den Worten: „Willkommen in der Freiheit, Ihr Begrüßungsgeld bekommen Sie gleich hier um die Ecke. Da brauchen Sie nicht anzustehen, da ist es ganz leer." Ich befolgte seinen Rat und es stimmte. Außer den Angestellten war niemand in der Bank. Schüchtern, wie wir Ossis damals waren, traten wir ein. Der Chef bemerkte es sofort und begrüßte uns lächelnd. „Treten Sie ruhig ein, bei uns wird nicht geschossen." Mein Schwiegersohn, schlagfertig wie immer, antwortete: „Na, das hoffe ich doch." Und alle lachten. Freudig und schwer beladen mit 500 D-Mark verließen wir die Bank und fuhren nach Heiligensee zu meinen Verwandten. Leider waren sie nicht zuhause. Wer war damals schon zuhause, als ganz Deutschland unterwegs war? Ich riss eine Seite aus meinem Fahrtenbuch heraus, welches ich immer im Auto hatte, und schrieb: „Leider wart Ihr nicht zuhause, aber riechen konnte ich euch schon. Herbert aus Velten." Mit dem Riechen meinte ich den Geruch des Hauses, weil jedes alte Haus einen anderen Geruch hat.

Wir staunten nicht schlecht, wie sich Tegel in den vielen Jahren verändert hatte, als wir dort ankamen. Wo früher Kinos standen, waren jetzt Wohnblocks oder große Warenhäuser. Die kleinen privaten Warenanbieter waren alle verschwunden. Ich fragte mich, wo hier der Unterschied zwischen Kapitalismus und Sozialismus liegt, wenn beide Systeme den Kleinanbieter verdrängen. Vor den Schaufenstern in der Fußgängerzone standen nur Menschentrauben. Jeder suchte mit seinen Augen, seine innerlichen Bedürfnisse zu stillen. Nur bei Kinderauslagen hieß es immer: „Komm, Stephanie, wir müssen weiter. Aber meine Enkeltochter Stephanie, obwohl erst 6 Jahre alt, war damals schon ein kleiner Fuchs. Sie nahm die Hand Ihrer Oma und sagte leise zu ihr: „Omi, wenn ich deine Hand drücke, bleibst du dann mit mir stehen?" Der Trick funktionierte hervorragend, da konnte ihre Mutter 10-mal rufen. Plötzlich blieb eine alte Frau vor Stephanie stehen. Sie muss wohl die blanken Kinderaugen gesehen haben und sagte zu ihr: „Mach mal bitte deine Hände zu einer Schale zusammen." Dann schüttete die Frau den Inhalt ihrer Geldbörse in die Hände meiner Enkeltochter. Entschuldigend fügte sie noch hinzu: „Ich habe leider nicht mehr, aber kaufe dir etwas, was du gerne haben möchtest", und ging weiter. In dem Moment fiel mir die Geschichte von der alten Frau und dem reichen Mann ein, die wir im Religionsunterricht in der Schule als Kinder gelernt hatten. Der Lehrer stellte die Frage: „Wer gibt mehr: der Reiche, der 10 Prozent seines Vermögens verschenkt, oder die alte Frau, die ihre letzten 2 Pfennige gibt?" Nun konnte ich die Frage beantworten: die alte Frau.

Wir fanden eine Markthalle mit vielen kleinen Einzelhändlern. Am Eingang stand ein alter Herr, der zu uns sagte: „Wenn Sie Schokolade für die Kleine kaufen wollen, dann müssen Sie nach hinten in die Ecke gehen, dort ist es viel billiger, als hier vorne. Es stimmte, aber die Schlange, die dort anstand, war entsprechend lang. Kurz bevor die Frauen dran waren, zählte Stephanie ihrer Mutter vor, was sie alles haben möchte. Aber ihre Mutter sagte zu Ihr: „Alles kannst du nicht haben, du musst dich entscheiden, eine Sache gibt es nur für heute." Die Dame, die vor ihr dran war, bezahlte ihre gekauften Waren. Sie drehte sich um, gab Stephanie 10 D-Mark und sagte zu ihr: „Kauf dir, mein Kind, alles, was du gerne haben möchtest!" Sie lächelte dabei wie ein Engel und ging weg. Ich dachte: Das ist auch so eine echte Berlinerin, mit Herz und Schnauze, mit ein bisschen Wehmut im Blick und einem Lächeln auf den Lippen. Das sind die echten Berliner, die den Bombenkrieg und die Hungerblockade 1948/49 überlebt haben, als die in Westdeutschland schon große Feste feierten. Von diesem Menschenschlag gibt es leider nur noch wenige. Wir schlenderten weiter über den Markt. Irgendwann kamen wir an einem Fischstand vorbei. Mein Schwiegersohn sagte halblaut zu mir: „Oh, hier gibt es Matjesheringe." Ich antwortete ihm: „Schau mal auf den Preis, der würde mir nicht schmecken." Ein Herr im mittleren Alter, der gerade seine gekauften Waren bezahlte, hörte das und sagte zu dem Verkäufer: „Packen Sie für jeden Herrn einen Ihrer schönsten Matjesheringe ein, ich bezahle das", drehte sich um und verschwand. Wir bekamen unsere Heringe und bedankten uns noch einmal bei dem Fischverkäufer, der aber antwortete: „Bei mir brauchen Sie sich nicht zu bedanken, ich habe nur einen Auftrag ausgeführt", und lächelte dabei. Aber was war das für ein Lächeln? Darin lagen so viel Mitleid und Wehmut. Er fragte sich sicher, wie sich zwei gestandene Männer über zwei Matjesheringe sooooo freuen können.

Mit der Zeit, es war spät und wir waren auch schon pflastermüde geworden, beschlossen wir, wieder nach Hause zu fahren. Auf dem Parkplatz angekommen, sprach uns ein Herr mit dunklem Anzug sehr freundlich an: „Wenn Sie Ihren Trabi suchen, der steht hinter meinem Daimler, aber Sie wollen doch nicht schon nach Hause fahren?"
„Doch, wir müssen morgen arbeiten und die Kleine muss auch zur Schule gehen!"
„Wer denkt denn an so einem Tag wie heute an Schule und Arbeit?", bekamen wir zur Antwort. „Heute wird gefeiert, ich lade Sie alle ein. Wir fahren alle gemeinsam zum Ku-damm und machen da einen drauf, dass die Seele quietscht."

Aber wir lehnten ab. „Schade", sagte er, „ich hätte heute so gerne mit Ossis diesen historischen Tag gefeiert. Hier haben Sie meine Karte, besuchen Sie mich mal zuhause, dann holen wir die Feier nach."

Wir haben diese Einladung nie eingelöst.

Weil wir die Auffahrt Schulzendorfer Straße wieder benutzen wollten, wie wir gekommen waren, kamen wir an einer Aldi-Kaufhalle vorbei. Es war alles hell erleuchtet. Wir hielten an, denn wir waren neugierig, wie es in so einer Kaufhalle aussehen würde. Nur ein Ehepaar mit abgerissener Kleidung war zum Einkaufen in der Halle. Ich stand nicht weit von der Kasse entfernt, da hörte ich, wie der Mann zu der Kassiererin sagte: Vorsicht, Ossis!" Und er nickte mit dem Kopf zu uns. Was er aber nicht wusste, war, dass wir mehr Geld in der Tasche hatten, als er jemals auf einem Haufen gesehen hatte. Wir kauften nur eine Kleinigkeit zum Abendbrot und ein Sechserpack Radeberger Pilsner, weil es dieses Bier, obwohl in Dresden gebraut, nie bei uns zu kaufen gab. Weil alles, was gut war, in Richtung Westen verschleudert wurde.

Am Abend, als ich mit meiner Frau im Bett lag, stellten wir beide gemeinsam fest, dass dieser heutige Tag einer der schönsten war, die wir erleben durften.

Am nächsten Tag trafen wir, rein zufällig, eine ehemalige Arbeitskollegin meiner Frau. „Ernachen, wo willst du denn schon so früh hin?", fragten wir.

„Ich will nach Tegel, meine Cousine besuchen."

„Und wie willst du dorthin kommen?"

„Na mit dem Bus", antwortete sie.

„Ernachen", sagte ich, „da fährt nur ein Bus und der ist immer voll, da musst du stundenlang warten. Ich fahre dich hin!" Meine Frau sagte: „Ich komme natürlich mit und anschließend fahren wir gemeinsam zum Kudamm."

An der Grenze hatte heute nicht der freundliche Oberstleutnant von gestern Dienst. Heute war ein junger Oberleutnant da, von dem wir kontrolliert wurden. Der machte ein Gesicht, als ob die Welt untergehen würde. Kein Wort wechselten wir. Er kannte nur ein Wort: „Ausweise." Nicht einmal das Zauberwort bitte benutzte er. Vielleicht war er auch nur grimmig, weil er nicht rüberfahren konnte, so wie wir. Die Beamten im Westen waren auch schon maulfaul geworden, sie sparten das Wort „weiterfahren" jetzt ein.

Im Nu waren wir in Tegel. Weil wir keinen Parkplatz fanden, klingelte Ernachen bei ihrer Cousine. Diese machte in der ersten Etage das Fenster auf, sah Ernachen und freute sich mächtig. Ernachen ganz cool: „Schmeiß mir mal den Hofschlüssel runter, wir brauchen einen Parkplatz, wir sind nämlich mit einem Trabi gekommen."

Als wir dann oben in der Wohnung waren, gab mir die Cousine den Hofschlüssel. „Ernas Freunde sind auch meine Freunde. Ich habe nicht viel, ich habe auch nur eine kleine Rente. Das hier ist ein Stadthaus. Ich habe hier ein Wohnrecht bis zu meinem Lebensende. Weil ich selber nicht viel habe, kann ich auch nicht viel verschenken. Deshalb schenke ich euch einen Parkplatz, der bestimmt wertvoller ist als Geld." Leider lebte sie nur noch eine kurze Zeit.

Nachdem wir etwas gegessen und getrunken hatten, machten sich meine Frau und ich auf den Weg zum Kudamm. Die beiden alten Damen wollten nicht mitkommen. Sie wollten sich den Trubel lieber im Fernsehen anschauen.

In der U-Bahn unten angekommen, wollten wir zwei Tickets kaufen. Der Mann am Schalter schaute mich an, als ob ich zum Mond wollte. Ich fragte weiter: „Ich will gerne zum Kudamm, was muss ich da machen?"

„Einsteigen und hinfahren!"

„Ich brauch keine Fahrscheine?"

„Nein, heute ist alles kostenlos", antwortete er.

Wir beide sind immer den Menschenmassen nachgegangen und -gefahren und schon waren wir am Kudamm.

Als Erstes wollte ich mir die Gedächtniskirche anschauen, aber ich kam nicht weit. Der Uringestank von den Obdachlosen machte es mir unmöglich. Wir beide sind dann rüber über die Straße zum KaDeWe. Als wir genau in der Mitte der Straße waren, knallten überall Sektflaschen. Es war genau 11 Uhr 11 und das am 11.11.1989. Da gab es kein Halten mehr. Die Massen tanzten und jubelten, und wir beide waren mittendrin. Irgendeine Brauerei spendierte Freibier. Ich kostete, aber es schmeckte nach Pappbecher und ich verschenkte es.

Endlich waren wir im KaDeWe angekommen. Ich war das erste Mal in meinem Leben in diesem Haus und überwältigt von diesem Warenangebot, von diesem Überfluss. Sofort fielen mir diese armen Schweine drüben auf der anderen Straßenseite ein, die an die Kirchenmauern pinkelten. Was ist das für ein Staat, der so etwas zulässt?, fragte mich mein Unterbewusstsein. Dann hörte ich rein zufällig von zwei Passanten, dass heute Nachmittag, gleich hinter dem KaDeWe, eine Kundgebung stattfindet, bei der der regierende Bürgermeister sprechen soll. „Da gehe ich doch hin", sagte ich zu meiner Frau, die daraufhin müde lächelte, weil sie mich kannte und wusste, was geschehen würde.

Die Kundgebung fing relativ pünktlich an. Erst sprachen viele Politiker und alle lobten die Ossis für diese großartige Tat, die wir vollbracht hatten. Zum Schluss sprach der regierende Bürgermeister. Daraufhin folgte eine Diskussionsrunde. Jeder konnte sich zu Wort melden. Als ich merkte, die Kundgebung geht jetzt dem Ende zu, meldete ich mich zu Wort und sagte: „Seit über 33 Jahren haben die Bundesbürger am 17. Juni einen arbeitsfreien Tag. Fragen Sie doch mal die Menschen auf der Straße, warum sie am 17. Juni einen Feiertag haben. Ich gebe Ihnen einen Garantieschein, dass 99 % der Bundesbürger nicht wissen, warum sie den Feiertag haben. Also sparen wir uns den 17. Juni als Feiertag ein, den die Bundesbürger unberechtigterweise begangen haben, denn sie haben nichts dafür getan. Das eingesparte Geld wird auf dem Konto *Deutsche Einheit* eingezahlt und Bedürftigen damit geholfen. (Ich meinte die armen Schweine drüben auf der anderen Straßenseite.) Sollte es uns aber nicht gelingen, unser Deutschland gleichberechtigt zu vereinen, stattdessen einer vom anderen vereinnahmt wird und 16

Millionen Deutsche eines Tages sagen: Ich bin stolz darauf, ein DDR-Bürger gewesen zu sein, dann wurde nicht nur etwas, sondern vieles falsch gemacht. Danke für Ihre Aufmerksamkeit." Es müssen wohl viele Ossis auf dieser Kundgebung gewesen sein, denn ein Sturm von Applaus brach los, mit Bravo-Rufen gepaart. Da wusste ich, die Menschen auf dieser Kundgebung haben mich verstanden. Ich suchte den Blick meiner Frau, die neben mir stand. Ihr Lächeln sagte mir: Das hast du gut gemacht.

Am Abend holten wir Ernachen wieder von ihrer Cousine ab und fuhren gemeinsam nach Hause. Erst als wir beide im Bett lagen und den Tag Revue passieren ließen, fiel uns ein, dass wir eigentlich zu einem Geburtstag hätten gehen müssen, aber das Geburtstagskind würde uns das bestimmt verzeihen.

So endeten die drei schönsten Tage in meinem Leben.

Nachsatz:

Als die von Michail Gorbatschow (von den Deutschen liebevoll „Gorbi" genannt) eingeleitete Perestroika und Glasnost misslang, weil er die Gegner der größten, friedlichen, politischen und wirtschaftlichen Umgestaltung im 20. Jahrhundert in seinen eigenen Reihen unterschätzte, hatten die Gegner der deutschen Wiedervereinigung freies Spiel, ihr Unwesen weiter zu treiben.

Heute, nach 23 Jahren, kann man festhalten, dass bei der Wiedervereinigung der beiden deutschen Staaten so viele Fehler gemacht wurden, dass die nächste Revolution schon vorprogrammiert ist. Man kann nicht alle Fehler aufzählen, weil so viele gemacht wurden. Doch bei den Löhnen, bei den Renten, bei der Vernichtung von Arbeitsplätzen in den neuen Bundesländern kann man nicht ruhig bleiben. Man kann nicht ein neues, ein ganz modernes Kaltwalzwerk für marode erklären, um es abzureißen und als Konkurrent auszuschalten. Die Jugend in den neuen Bundesländern wandert aus und zeugt auch keine Kinder, weil sie nicht weiß, wie sie sie ernähren sollen. Die Alten, die dann bleiben, machen diese Gebiete zu einem Altersheim und Armenhaus. Die Spitzenpolitiker aller Parteien leben alle in einer utopischen Welt, weil sie zu sehr mit sich selbst beschäftigt sind.

Wenn die Einheit Deutschlands nicht wirklich zustande kommt, funktioniert auch die Einheit Europas nicht, da Deutschland der Mittelpunkt dieses Kontinents ist.

Der kleine Bruder

Da lag er nun mit seinen 16 Jahren hungrig in seinem Bett, im Schlafzimmer seiner Eltern. Sie hatten nur ein Schlafzimmer in ihrer kleinen Wohnung. Sein Magen knurrte so laut, dass seine Mutter, die allein im Ehebett lag, es hören musste.

Sie lag allein im Ehebett, weil sein Vater, an Typhus erkrankt, wegen Ansteckungsgefahr in der Seuchenbaracke lag.

Seine Schwester Ursula, obwohl erst 18 Jahre alt, musste auch noch kurz vor Ende des Krieges sterben. Jetzt, nach dem Krieg, starb man auf eine andere Weise.

Sein großer Bruder Günther war irgendwo in englischer Kriegsgefangenschaft.

Eine trübe Straßenlaterne brachte mit ihrem spärlichen Licht etwas Helligkeit ins Zimmer, sodass man die Konturen der Zimmereinrichtung erkennen konnte. Was seine Mutter jetzt wohl dachte? Er merkte, dass auch sie nicht schlafen konnte. Er öffnete seine Augen und sah zum Fenster hinaus. Der Himmel war bewölkt, es war kein Stern zu sehen. Er dachte: Nicht einmal bei Nacht ist der Himmel freundlich zu uns, dabei haben wir alle nichts Unrechtes getan. Warum werden wir so bestraft? Er schloss seine Augen und im Geist sah er wieder, was vor einigen Monaten geschah.

Das Wohnhaus, in dem er mit seinen Eltern wohnte, grenzte genau an den Schulhof der Realschule. Wenn man aus dem Schlafzimmerfenster schaute, konnte man direkt auf den Schulhof sehen. Seit dem 30. Januar 1933 feierten die Nazis nun schon mit großem Getöse jährlich die Machtergreifung von Adolf Hitler.

Auch am 30. Januar 1945 hielt der damalige Kreisleiter der Nazis auf dem Schulhof eine Rede. Es musste noch bei Tageslicht geschehen, weil niemand genau wusste, wann die alliierten

Bombergeschwader kommen würden, denn sie kamen täglich. Er stand am offenen Schlafzimmerfenster und hörte zu, was dieser Kreisleiter da von sich gab. Einen Satz vergaß er nie, er schrie: „Wenn diese bolschewistischen Untermenschen glauben, deutsches Brot essen zu dürfen, dann sage ich ihnen, Gras müssen sie fressen!" Und der Schaum stand ihm vor seiner Schnauze, denn Mund konnte man dazu nicht mehr sagen.

Ein paar Tage später kam der Sohn vom Ortsgruppenleiter, mit dem er in einer Klasse war, zu ihm nach Hause und sagte: „Komm' mal mit, ich muss dir was zeigen." Sie fuhren mit dem Fahrrad nicht sehr weit. Nur bis zu einer Stelle, wo man vor Monaten mehrere Baracken genau unter einer Hochspannungsleitung aufgebaut hatte. Die Baracken waren nur mit einem einfachen Stacheldrahtzaun umgeben. Mehr Zaun brauchte man auch nicht, denn die Gestalten, russische Kriegsgefangene, waren körperlich nicht mehr in der Lage zu fliehen. Der Sohn vom Ortsgruppenleiter protzte damit und sagte: „Vor drei Tagen sind die Russen hier angekommen, da stand das Unkraut noch einen halben Meter hoch. Guck mal, jetzt ist alles leer gefressen!" Er nahm aus seinem mitgebrachten Brotbeutel eine Scheibe Brot, brach sie in der Mitte durch, damit sie quadratisch war und besser segeln konnte, dann warf er sie über den Stacheldrahtzaun. Er amüsierte sich köstlich darüber, wie sich die entkräfteten abgemagerten Gestalten um die Brotscheiben bemühten. „Bist du verrückt!" Er nahm ihm den Brotbeutel ab und ging damit zum Stacheldrahtzaun. Er brach von den einzelnen Brotscheiben mundgerechte kleine Brocken ab und steckte sie jedem Gefangenen, den er erreichen konnte, in den Mund. Das Brot reichte natürlich nicht für alle. Als er die letzte Scheibe Brot verteilt hatte, hob er seine Schultern und sagte auf Deutsch: „Es tut mir leid, ich habe nicht mehr. Wir haben auch nicht viel zum Essen!" Plötzlich knieten alle nieder, nur einer blieb stehen. Vielleicht war er ein Offizier. Er sagte was auf Russisch, was er leider nicht verstand. Wenn er ihn aber hätte verstehen können, wäre er bestimmt erfreut gewesen. Der Russe sagte nämlich: „Wenn einer von uns diese Hölle hier überlebt, muss er der Welt sagen, dass nicht alle Deutschen Nazis gewesen sind."

Plötzlich öffnete er seine Augen, weil er meinte, ein Geräusch gehört zu haben, aber er vernahm nur den Wind. Nach einer Weile schloss er seine Augen wieder, weil er träumen wollte, träumen von einem gerechten Frieden, weil er diesen Frieden als unrecht empfand. Man müsste für den Frieden laufen, von Berlin nach London, dachte er, weil diese beiden Städte im Krieg besonders schwer gelitten haben. Wenn ich dann in London angekommen bin, würde ich den britischen König darum bitten, meinen Bruder mit nach Hause nehmen zu dürfen, weil er auch nicht in den Krieg ziehen wollte und unschuldig ist.

Plötzlich machte er seine Augen erneut auf, weil er wieder meinte, ein Geräusch gehört zu haben, als ob einer Kieselsteine an die Fensterscheibe wirft. Er wartete, dann wieder das leise klirrende Geräusch. Er stand auf, öffnete das Fenster, plötzlich stand seine Mutter neben ihm. Unten auf dem Schulhof stand eine männliche Gestalt, spärlich von der trüben Straßenlaterne angestrahlt, mit einem Seesack auf dem Rücken. Auf einmal sagte diese Gestalt dort unten auf dem Schulhof: „Mama, willst du deinen großen Jungen nicht reinlassen, er ist vom Krieg zurück!"

Der Kleine konnte seine Mutter oben am Fenster gerade noch auffangen, weil ihr vor Freude schwindelig wurde. Er setzte sie behutsam aufs Bett und sagte zu ihr: „Ich lauf schnell runter und schließe die Haustür auf, damit meine große Keule die letzten paar Schritte nach Hause auch noch schafft."

Oben in der hellerleuchteten Küche staunte der große Bruder nicht schlecht, wie groß sein kleiner Bruder inzwischen geworden war.

„Du bist ja schon richtig erwachsen."

„Ja, da staunst du", sagte seine Mutter, „aber warum hast du nie Urlaub bekommen? Du warst acht Jahre nicht zuhause!"

„Weil mich mein Spieß so liebte und er ohne mich nicht klarkam, dieses Schwein!", antwortete er. „Aber hört auf zu fragen, ich will heute fröhlich sein, dass ich die ganze Scheiße überlebt habe und hoffentlich bald alles vergessen kann."

Sie redeten die ganze Nacht und wurden nicht müde dabei.

Am nächsten Morgen sagte der Kleine: „Ich fahre schnell mal mit dem Fahrrad zur Seuchenbaracke und sage Papa Bescheid, dass sein Großer gesund und unversehrt endlich wieder zuhause ist."

Doch die leitende Schwester in der Seuchenbaracke hatte was dagegen wegen der Ansteckungsgefahr. Sie war aber human und sagte zu dem Kleinen: „Geh mal um die Baracke rum, ich öffnen das Fenster in dem Raum, in dem dein Vater liegt, dann kannst du ihm die frohe Botschaft selber übermitteln."

Ein merklicher Ruck ging durch den kranken Körper des Vaters, als ihm sein Kleiner diese freudige Botschaft überbrachte.

Nach kurzer Zeit konnte der Vater die Seuchenbaracke wieder verlassen. Bis er sich so richtig erholt hatte, dauerte es aber noch sehr lange.

Als die Gesundheitsbehörden die Seuche Typhus endlich in den Griff bekam, rollte die nächste Seuche Tuberkulose heran.

Der kleine Bruder wurde sehr schwer krank. Die behandelnden Ärzte gaben ihn einfach auf, weil sie für die Schwere seiner Krankheit keine Medikamente hatten. Aber der leitende Arzt sorgte dafür, weil er bei der Krankenkasse ausgesteuert war, dass er eine Invalidenrente von 65 Ostmark im Monat bekam. Doch der da oben, der für alles zuständig ist, ließ einen Amerikaner eine Pille erfinden, die bei Lungentuberkulose helfen sollte. Weil es dieses Medikament im Osten nicht gab, fuhren seine Eltern nach West-Berlin und kauften es für teures Westgeld – der Wechselkurs stand damals 1:5 und man musste für 1 D-Mark West 5 Ost-Mark zahlen –, damit der Kleine wieder gesund werden konnte.

(Erneut wurden die Menschen im Osten bestraft, obwohl alle Deutschen den Krieg verloren hatten.) Die Ärzte im Krankenhaus durften das natürlich nicht wissen, sonst hätten sie ihn sofort wegen Medikamentenmissbrauch entlassen. Er konnte später nicht sagen, wie viele hundert Pillen er geschluckt hatte.

Aber eines Tages fanden die behandelnden Ärzte keine Tuberkeln mehr bei ihm, die Ansteckungsgefahr war gebannt. Die Lunge hatte sich wie bei einem Wunder von selbst gereinigt und er konnte nach drei Jahren endlich wieder nach Hause.

Die Zeit, die andere als die schönste Zeit in ihrem Leben betrachten, verbrachte er krank in Krankenhäusern. Aber dann ging es langsam aufwärts und er begann wieder zu leben, der kleine Bruder.

Heute ist er schon ein uralter Mann und wurde von dem da oben auserkoren, alles aufzuschreiben, was er erlebt hat, damit nachfolgende Generationen daraus lernen können.

Besonderer Dank gilt meinen Enkelkindern
Stephanie und Thomas Will,
die es geschafft haben,
meine Kugelschreiber-Handschrift
in einen Computer druckreif zu übertragen.

Der Aufschreiber